崖っぷち貴族家の第三子息は、願わくば不労所得でウハウハしたい！

訳あり奴隷もチート回復魔法で治せば最高の働き手です

Masaaki Chidori
チドリ正明

illustration
つなかわ

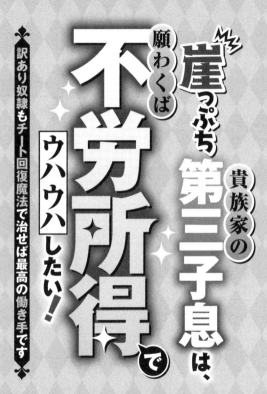

ライチ
フローラルに助けられた
奴隷の獣人。無表情で常に
クールな元冒険者。
リリ
フローラルに助けられた
奴隷の少女。掃除や料理など、
家事全般が得意。
レレーナ
フローラルに助けられた
奴隷の少女。盲目ながら、
すべてを見通すかのような
雰囲気がある。
フローラル
ダーヴィッツ男爵家の三男。
父親の死後、なし崩し的に
領主となった。
破産寸前の家を立て直すため、
様々な策を考える。
CHARACTERS

ハンズ
巨大な領地を持つ
ミストレード侯爵の騎士。
感情的になりやすい。
ゴロンガ
村人達を束ねる
リーダー的存在。
小心者で平和主義者。
メアリー
ダーヴィッツ家に長く仕える
万能メイド。
忠誠心がとても高い。
セバスチャン
ダーヴィッツ家に長く仕える
凄腕執事。全ての仕事を
完璧にこなす。

第一章　貴族家の第三子息、領主になる

「ん？　おい、セバスチャン。もう一度言ってくれ。俺の聞き間違いだよな？」

俺は眩《まぶ》しい朝日に目を細めつつ、枕元《まくらもと》に佇《たたず》む初老の男に聞き返した。

彼の名前はセバスチャン。この屋敷《やしき》の執事長《しつじちょう》である。タキシードを優雅《ゆうが》に纏《まと》い、几帳面《きちょうめん》に整えた白髪《はくはつ》と、口と顎《あご》に生えた髭《ひげ》がよく似合うダンディで渋い男だ。

「聞き間違いではございません。一月前《ひとつきまえ》に旦那様《だんなさま》が亡くなられ、昨夜、ハーラン様とビードル様がそれぞれ婿養子《むこようし》として縁付《えんづ》かれました。成り行きというと失礼な言い方になりますが、本日よりダーヴィッツ家の当主はフローラル様になったわけです」

「え？　二人って婿養子になったの？　俺、そんなの知らないんだけど」

ハーランとビードルは俺の兄であるが、結婚したなんて初耳だ。しかも昨夜とは……なぜ教えてくれなかったんだ。

「お二人は、ダーヴィッツ家の跡《あと》を継ぐ事を嫌がっていたので、どうやら我々の知らぬところで話を進めていたようです。全く酷《ひど》いお話です」

セバスチャンは白い顎髭を撫でながらため息を吐いた。

どうやら彼も知らなかったらしい。

たった一人の弟と召使達《めしつかいたち》を置いていくなんて、無責任な兄達にはいつか仕返しをしないと気が済まないな。

「ひでぇな。ぬくぬく育った十五になりたての弟と十数人の召使を置いて逃げたのかよ。俺は当主になったところで何も出来ないぞ？」

父が亡くなったかと思えば、二人の兄が家を出て行ってしまった。

母がいれば良かったのだが、母は俺が生まれてすぐに病で倒れてこの世を去っているので、跡継ぎとなれるのは、俺しかいない。

「重々承知しておりますが、我々にも生活があります故《ゆえ》、なんとかしてもらわないと困ります。ダーヴィッツ家の命運はフローラル様の手腕《しゅわん》に懸かっているのです」

「……まあ、そうだよな。お前達も被害者だし、俺がなんとかしないと野垂れ死《のたじ》にだもんな」

俺はのそのそとベッドから抜け出して窓の外を眺めた。

そこからは澄んだ青空が見える。

ダーヴィッツ家は、スモーラータウンという小さな街を中心に領地を有しているのだが、ここからはやや離れているので見る事は出来ない。

「何か案はございますか？」

「んー……そうだなぁ……」

案、案、案……なんだろうな。

俺に出来る事は回復魔法くらいだしなぁ。

もしここで何も思いつかず、これからも何も出来なければ、俺達は領地を手放して野垂れ死にする事になる。

そのまま他の領地で奴隷《どれい》にはなりたくない。人権も何もない生活なんて最悪だ。

いや、待てよ……奴隷はアリだな。

我が領地は、奴隷の取引や持ち込みを禁止してるから無理だが、他の領地なら奴隷売買も盛んなはずだ。

回復魔法を上手く組み合わせれば、ボロ儲《もう》けする事も出来るんじゃないか？

「よし、セバスチャン。執事とメイドを全員広間に集めてくれ。今後について話をする」

「承知いたしました」

俺の指示を聞いたセバスチャンは、一つ礼をすると早歩きで部屋を後にした。

父の遺言《ゆいごん》によると、召使の給与は未払いだそうだし、ダーヴィッツ家を救うためには、思い切った作戦が必要だ。

ウダウダ考えている暇《ひま》もないし、今出来る最大限の事を試すとしよう。

広間には執事とメイド十数人が集められていた。

皆が皆、不安そうな表情を隠せずにいる。

そりゃそうだ。一月前に領主が老衰《ろうすい》で亡くなったかと思ったら、二人の兄が家からいなくなっていたんだもんな。

そして跡を継ぐのは十五歳になったばかりの俺。

不安にならない方がおかしい。

「皆、よく集まってくれた。もう知ってると思うが、昨夜、ハーランとビードルが子爵《ししゃく》家の婿養子になってこの家から出て行った。結果的に俺が当主になったわけだが……正直お先真っ暗だ。俺は当主の仕事は知らないし、まず何も仕事をした事がない。おまけに父上の遺言《ゆいごん》によると、君達の給与すら満足に払えてないらしいな……」

小さな台に立った俺は、召使達を見回しながら正直に状況を告げる。

不安な心にとどめを刺すようで悪いが、まずは目の前の現実を突きつける。というより、これらは知ってもらわなければいけない事実である。

ダーヴィッツ家は前当主である父の勝手な財の使用によって、既に数ヶ月の間召使達に給与を払えていないのだ。

遺言でそれを知らされた時は絶望したし、だからこそ兄達はこの家から出て行ったのだろう。

俺は一つ息を吐き出して、話を続ける。

「こんな貧乏貴族についていけないって人がいたら、もうこの時点で辞めてもらって構わない。未払いの給与はきっちり払わせてもらうし、感謝を胸に、後腐《あとくさ》れなく主従関係を解消しよう！」

自分で言って情けない気持ちになったが、俺は迷う事なく口にした。

そして、皆に見えるように、懐《ふところ》から大金貨《だいきんか》が詰め込まれた麻袋《あさぶくろ》を取り出す。

これは俺のポケットマネーである。幼い頃からもらい続けていたお小遣いを貯めたものだ。

当主と召使。領主と領民。領主となった実感はまだないが、俺には責任がある。

これからのダーヴィッツ家が上がるか堕ちていくかはまだ分からないし、これから行う俺の判断に彼らを巻き込む必要はない。

「さあ、遠慮《えんりょ》なく申し出てくれ」

一瞬の静寂の後《のち》、一人のメイドが手を挙げると、次々に意思表明をしていった。

「わ、私は実家に帰って、大人しく農家になろうと思います」

「……お金をもらえるなら別のところで働くのもありかなって」

「ごめんなさい。俺もフローラル様には回復魔法で大火傷《おおやけど》を治してもらった恩があるけど、やっぱりお金がないと食べていけないから、辞めさせてもらいます」

一人、二人、三人と申し訳なさそうにそう言うと、やがてセバスチャンとメイド長のメアリーを除《のぞ》く全員が退職を申し出た。

「それぞれに大金貨を一枚渡すから順に並んでくれ。これは君達に渡すはずだった給与よりはかなり多いが、申し訳ない気持ちと感謝の心の表れだと思ってくれ」

俺の言葉に、退職を申し出た十数名の召使達が一列に並んだ。俺は一人一人に感謝の言葉をかけながら大金貨を手渡していった。

彼らは喜びと悲しみを織り交ぜたような表情でそれを受け取ると、深い礼をしてゆっくりと広間を後にした。

ちなみに、大金貨一枚は金貨十枚、金貨一枚は銀貨十枚、銀貨一枚は銅貨十枚と同じ価値だ。大金貨一枚あれば、余裕のある暮らしを半年くらいは送る事が出来る。正直、未払いの給与よりも遥かに多い額だが、迷惑料にしては足りないくらいだろう。

今の俺に出来る事はこれくらいなので許して欲しい。

やがて大金貨を全員に配り終えた俺は、一つ息を吐いて台から下りた。

既に広間は閑散《かんさん》としている。

残ったのは執事長セバスチャンとメイド長メアリーだけだった。

「……残ったのは一番長く仕えてくれている二人だけか。お前達も無理しないでいいんだぞ？」

「何をおっしゃいますか。私はダーヴィッツ家にこの身を捧《ささ》げると決めたのですから、大金貨一枚程度では心を揺さぶられません」

「セバスチャンに同意です。ワタシもフローラル様についていきます」

俺が赤子の頃、いや、それよりずっと前から仕えているというだけあって忠誠心《ちゅうせいしん》はとてつもなく強い。

「ありがとう。というわけで、ダーヴィッツ家は貴族のくせにたった三人になったわけだが、早速《さっそく》これからやる事を説明してもいいか？」

俺の問いかけに二人が頷《うなず》いたので、俺は麻袋に残された数枚の大金貨を二つに分けて、セバスチャンとメアリーに手渡した。

「これは？」

数枚の大金貨を受け取った二人は不思議そうな表情で首を傾《かし》げた。

「俺が回復魔法を得意としている事は知っているな？」

「もちろん。我々召使が業務で負傷《ふしょう》した際は、何度も助けられました。砕《くだ》けた骨を再生し、大火傷すらもなかったものにするなんて、天性の才能です」

セバスチャンよ、間違っていないが褒めすぎだ。

俺からの好感度をまだまだ上げるつもりか。

この策士め。

「二人は馬車でレイドールとコックバイドに向かって、奴隷を買ってきて欲しい」

レイドールとコックバイドはどちらも奴隷売買が盛んに行われている領地だ。

奴隷市場が盛況《せいきょう》で、様々な奴隷が流通している。

俺達の領地では奴隷制度を設けていないが、ほとんどの領地では人員不足を補うために、使い潰しても支障がない奴隷が重宝《ちょうほう》されているらしい。

なんとも残酷な話だ。

「失礼ですが、この金額では、奴隷を買えても一人が限界かと思われます。場合によっては、一人すら買えません。それにワタシには奴隷を買う理由が分かりません。大金をはたいてまで買うメリットがありますか？」

メアリーよ、もっともな質問だ。

確かに奴隷は高いし、警戒心が強くて扱いにくいので、財のあるやつしか買おうと思わない。

「普通の奴隷なら買うメリットはないだろうな……二人は欠損奴隷《けっそんどれい》って知ってるか？」

「ええ、あまり考えたくはありませんが……」

表情こそ変わっていないが、メアリーはほんの僅かに声色《こわいろ》を変えて答えた。セバスチャンも、あまり良い感情を持っていないように思える。

欠損奴隷というのは、文字通り心身にどこかしら不調のある奴隷の事だ。

彼らは主人の求める通りの仕事が出来ないと判断されるため、通常よりもかなり安く売られている。

「知ってるならそれでいい。二人にはこの大金貨で、そういった奴隷を買ってきてもらいたい。働き手になれるように年は若い方がいいが、強いこだわりはないから三人くらい買えれば万々歳だ」

「まさかとは思いますが、回復魔法で完治させるおつもりですか？」

「そのまさかだ。俺の回復魔法なら、不治《ふじ》の病《やまい》すら治す事が出来るからな。それを活かさない手はない。というわけで、二人とも出発してくれ。ありったけの食料と毛布を荷台に詰め込むのを忘れるなよ？」

レイドールとコックバイドは、それぞれここと往復するのに二、三日は必要となるので、衰弱《すいじゃく》した人間を生存した状態で運び込むためには食料や毛布が欠かせない。

「御意《ぎょい》」

胸に手を当てて返事をしたセバスチャンが部屋から出ていくと、メアリーも後を追うように立ち去った。

「さて、俺は少し魔力の練度を高めておくか」

俺は腕捲《うでまく》りをして右の掌《てのひら》に魔力を集中させた。

緑色の魔力が宙に浮いてゆらめいている。

二人が不在のうちに回復魔法の練度を高めておく事にしよう。

三人になってしまった事で、しばらくは忙しい日々が続きそうだが、いずれは貴族らしく働く事なくのんびり暮らしたいものだ。

まあ、そんな願望を抱いたところで、それが叶うのはいつになるか分からないけどな。

セバスチャンとメアリーが屋敷を出発してから三日後の早朝の事。

俺は馬の嘶《いなな》きで目が覚めた。

なんだなんだと思いながら、のそのそとベッドから這《は》い出して窓から外を眺めると、屋敷の前に二台の馬車が止まっているのが見えた。

どうやら、セバスチャンとメアリーが帰ってきたようだ。

二人は疲労を感じさせない表情で荷台の方に向かうと、何やらジェスチャーを織り交ぜながら、荷台の中に声をかけているように見えた。

俺の要望通りの奴隷を買ってきてくれたのだろう。

「やはり二人は驚くほど優秀だな」

俺は軽く髪の毛を整え顔を洗ってから、正装に着替えると、空腹を訴えてくる腹を摩《さす》りながら正面玄関に向かった。

そして待つ事数分。ゆっくりと正面玄関の大扉が開かれる。

「メアリー、ただいま戻りました」

「セバスチャン、ただいま、戻りました」

二人は恭《うやうや》しく一礼した。

「お疲れさん。トラブルはなかったか？」

「ええ。私の方は特に何もありませんでした。メアリーはいかがでしたか？」

「ええ、こちらもトラブルには見舞われなかったので大丈夫ですよ。それより……フローラル様こそ、お一人で大丈夫でしたか？　少しお痩せになったように見えます」

メアリーは俺の顔をじっくりと見ながら言った。

二人がいない間の俺の生活については顔色や身なり、雰囲気からなんとなく察しているのか、確信めいた言い方をしてくる。

確かに食事は一日一食だったし、掃除《そうじ》も自分の部屋だけ最低限しかしていないので、何も言い返す事が出来ない。

「……で、後ろのがそうか？」

「露骨《ろこつ》に話を逸らされましたが。彼女達がお望みの奴隷で間違いありません。ワタシとセバスチャンが購入したのは合わせて三人です。ご要望の通り出来るだけ若い者を見繕《みつくろ》いましたが、どれも満足に食事を取れておらず、まずはゆっくり休んでもらった方が良いかと……でも本当によろしかったのですか？」

メアリーは背後に控える三人の少女達を一瞥《いちべつ》すると、悲しげな様子で聞いてくる。

見たところ、容態は良くなさそうだ。

皆が皆、血色が悪く痩せ細っており、劣悪な環境で過ごしてきたのだと一目で分かる。

ありったけの食料を持たせたはずだが、三日では栄養を補うには足りなかったようだ。

「この先どうなっても最後まで面倒を見るつもりだが……とにかく彼女達に温かい食事と体を休める事の出来る寝床を用意してやってくれ。二人とも疲れただろうし、詳しい話はまた明日にしよう」

「御意。では、彼女達をこれから過ごすお部屋に案内して参ります。メアリーは食事の用意をお願いします」

「ええ」

セバスチャンは彼女達を引き連れてゆっくりと歩いていき、メアリーは一人で厨房へ向かう。連れられているのは全員が女性だった。

両腕の肘から先を失った少女は、スタイルの良い獣人の女性に背負われ、脱力した両足をぶらつかせている。

さらにその隣には少女が一人いた。その少女は両の瞳を覆うようにして黒い布を巻いており、獣人の女性の服の裾を掴《つか》みながら歩いている。誰からも生気は感じない。

「……」

俺は無言で思考する。

奴隷制度を禁止しているダーヴィッツ領では、絶対に見る事のない残酷な光景だ。

生まれつき不幸な者もいれば、なんらかの理由があって奴隷となった者もいるのだろう。

そんな彼女達の命を買い受けたからには、俺も真っ直ぐ向き合わなければならない。

急な環境の変化に戸惑っているだろうし、回復魔法で治療するのは、明日にしよう。

三人の少女を迎えた翌日。

もう昼過ぎになろうかというのに、俺は自室のベッドで寝転がって眠りこけていた。

小気味好《こきみよ》いリズムで扉がノックされる音が聞こえて、上体を起こす。

俺の元を訪ねてくるのは、セバスチャンかメアリーしかいない。

「入っていいぞ」

一言だけ声をかけると、セバスチャンがゆっくりと入室してきた。

険しい顔つきをしている彼の背中の上には、見覚えのある一人の少女が乗せられていた。

「失礼いたします」

「……容態は……聞くまでもないか」

俺は少女の姿を見て、すぐさまベッドから出る。

「あまりにも可哀想《かわいそう》なので……出来れば早めにお願いいたします」

彼女は両腕の肘から先を失っており、失われた部分には包帯が雑に巻き付けられている。

誰が包帯を巻いたのか分からないが、少なくとも医療の心得がある者でない事は確かだ。

彼女は全てに絶望したような顔をしており、まともに手足が動く状態であれば、今にも自らその命を絶ってしまいそうだった。

「その娘をそこのソファに座らせてやってくれ。終わったら声をかける」

「御意。では、また後ほど参ります」

セバスチャンは一人掛けソファの上に丁寧《ていねい》な所作で少女を座らせると、期待するような瞳でこちらを見てから部屋を後にした。

彼は人が好いので、こういった奴隷を買う事に対して前向きではなかったはずだが、俺の思惑《おもわく》を理解して協力してくれている。

俺が回復魔法を得意としていて、この程度の傷なら簡単に治療可能だという事も分かっているからだろう。

まあ、当の本人である、目の前の少女は恨《うら》みのこもった目つきでこちらを睨《にら》んでいるのだが……

「さて、初めまして。言葉は話せるか？」

二人きりになった部屋の中で、俺は少女の向かいのソファに座り、声をかける。

少女のくすんだ赤色の髪の毛は伸びきって目元にかかり、より暗い表情をしているように見える。

年は俺と同じか少し下だろうか。おそらく十三から十六の間だろう。

両腕だけでなく両足にも問題があるのか、まるで力が込められていないように見える。

「……」

「俺はフローラル・ダーヴィッツ。一応貴族だが……対等に接してくれて構わない。君の名前は？」

「……私達をどうするの？」

どうやら言葉は話せるらしい。第一声は絶望感《ぜつぼうかん》を孕《はら》んだ声色で発せられた。

口元が震えており怯《おび》えているのは間違いない。

「ん？」

「食べるの？　それとも、もっと酷い目に遭わせるの？」

「あいにくそんな趣味はない」

人を食べたら病気になりそうだし、いたいけな少女に酷い事をしたら悪夢を見そうだ。

「貴族なんてみんな最低で最悪。そんなやつらの言葉は信じない。どうせ無責任に弄《もてあそ》んだら殺すんでしょ」

少女は俺の言葉など耳に入っていないのか、尚《なお》も言葉を続ける。

「この腕と足？　それとも口とか眼球？　耳に針でも刺す？　そして最後は首を切って終わり？　弱者を虐《いじ》めて何がそんなに楽しいのよ！」

満足に動かせる首から上だけで、器用に負の感情を表現している。

両腕に雑に巻かれた包帯は切断面を隠すためだけのものだろうか。とにかく、まともな処置を継続して受けられていないようだ。

「ふむ……勘違いしないでもらいたいのだが、俺はそんなチンケな目的のために君達を買ったわけじゃない」

「……嘘よ」

弱々しい声で否定する少女。

さすがにそんな簡単に信じてくれるわけないか。

「嘘じゃない」

「じゃあ買ったなら責任を取ってよ！　私の腕と足を返してよ！　大好きなお料理とお散歩を自由に出来るようにしてよ！　なんで……なんで私だけこんな目に遭わなければならないのよ！」

「料理が得意なのか？」

泣き叫ぶ少女に向かって、俺は平静を保って聞き返す。

誤解させたまま話を進めるのは可哀想だが、もう少しだけ彼女の事を知っておきたい。

「……そうよ」

「掃除や洗濯は？」

「昔は大好きだった……でも、もうこの体じゃ出来ないし、そんな事を知っても仕方がないでしょ？」

無愛想だが普通に会話は成立している。

それに、料理と掃除、洗濯といった家事が好きで、尚且つ人とのコミュニケーションも円滑《えんかつ》に行えるように思える。加えて、物怖じしない性格となれば、彼女にはメアリーのもとで働いてもらうのがよさそうだ。

メアリーの躾《しつけ》は召使の間では厳しいと言われていたらしいが、彼女であれば問題なく対応出来るだろう。

「よし。分かった」

「何がよ」

「君には今日からこの屋敷のメイドになってもらう」

「……本気で言ってるの？」

「もちろん」

俺は間髪《かんはつ》容《い》れずに返答した。

「何も出来ずに床を這いつくばる滑稽《こっけい》な姿を見て笑おうってわけ？　はぁ……本当に最低ね。床でも舐めれば満足？」

表情と声色で分かる。彼女が俺の事を心の底から軽蔑している事が。

「這いつくばったら仕事にならないだろ？　それと、床を舐めるのは汚いからやめてくれ。衛生的《えいせいてき》によろしくないからな」

「……」

無言で俯《うつむ》く少女は、下を向いたまま鼻を啜《すす》っている。

このまま話してもずっと同じ問答が続きそうなので、そろそろ治療に取りかかるか。

俺はソファから立ち上がり、少女の前に向かった。

「包帯を外すぞ」

念のため言葉にはしたが、俺は少女の許可が下りる前に両腕の包帯をゆっくりと外した。

「っ！　や、やめて……うぅぅ……何するのよ！　じっくりいたぶるつもりね！」

少女は疲弊《ひへい》した体を動かそうと試みるが、勢いは全くない。

「違うから……落ち着け。分かったか？　よし、いい子だ」

「……くっ……」

少し強い口調で言葉をかけると、必死に体を動かして抵抗していた少女は、歯を食いしばりながら俯いた。

俺は手際良く外した包帯を床に放り投げると、両腕の断面をじっくりと観察した。

「さて、傷口は……っと、こりゃ酷い」

そして驚愕《きょうがく》した。

治療した痕跡がほとんど見当たらないのだ。

「モンスターにでも食いちぎられたのか？　断面がズタボロだ。俺なら泣き叫んでるぞ」

何もせずとも痛みに悶《もだ》える様子からして、痛み止めの薬なんて投与してないだろうし、傷口はまともに縫合《ほうごう》すらされていないので、普通に過ごしているだけで相当な痛みがあるはずだ。

断面には血が固まった黒い粒のようなものが散見される。

これは酷い。

「どうして肘から先を失ったんだ？」

「……事故よ。そのせいで手がなくなって、両足の自由は利かなくなったわ。おかげで働き口がなくて、奴隷として売られる事になって、変態《へんたい》貴族に買われて、数多《あまた》の屈辱を味わわされてきたわ。

そうやって色んな貴族のところを転々としてきたけど、もうあんな思いはしたくない。あんな好奇の目に晒されるなんてもう嫌よ！」

少女は酷く歪《ゆが》んだ顔でそう叫んだ。

あまりにも残酷な現実に、俺は驚きを隠せない。

なるほど。両足は事故の影響で完全に麻痺《まひ》しているのか。どうりで力が入っていないように見えたわけだ。

変態貴族に買われてからの日々は、可哀想としか言いようがない。なんの罪もない、いたいけな少女の悲惨な姿を見て、何が楽しいんだろうな。

貴族達の考えが俺には理解出来ない。

俺は少女に問いかけた。

「……教えてくれてありがとう。手足が元通りになったらここで働いてくれるか？」

「……そんなのはどうせ無理だろうけど、元通りになるなら従うわよ。私は奴隷だし、逆らう術《すべ》はないから」

長い無言の後に、少女は投げやりにそう言った。

口約束も契約の一つである。

とりあえず、これで双方合意したという事になるので、治療に入ろうか。

「了解だ。じゃあ……治すぞ」

ズタボロの両腕と完全に麻痺している両足を改めて見た俺は、回復魔法を発動させるために魔力を練り上げた。

濃密に凝縮された魔力は、やがて濃い緑色になり、ほわほわと宙に浮いて少女の全身を優しく包み込んだ。

久しぶりの治療だったが、セバスチャン達が不在にしていた間、しっかりと練習した甲斐《かい》があったな。

問題なく発動する事が出来た。

「え？」

魔力に包み込まれた少女が、素《す》っ頓狂《とんきょう》な声を上げると同時に、失っていたはずの両腕の断面の部分から、ゆっくりと新しい腕が生えてきた。

ちょっとだけ気持ち悪い光景だが、再生とはそういうものなのだ。

それから数分経過した頃には、少女の両腕は完全に再生しており、全身を覆っていた魔力も消えていた。

俺の回復魔法は特別だ。

昔、貴族に仕えるという著名《ちょめい》な魔法使いの回復魔法を何度か目にした事があるが、どれもかすり傷の治療や、良くて骨折を治す程度。大怪我や失った四肢の治療などは到底期待出来ないレベルだった。

しかし、なぜか俺の回復魔法は老衰以外の全てに効果があり、それに加えて、体力の回復までする事が出来る。

そのうえ、生まれつき魔力が無尽蔵で、いくらでも回復魔法を使える。

この回復魔法を使って、裕福な人達を客とする治療院などを開けば、我が家の懐もかなり温かくなりそうではある。だが、その場合は、俺が国中、いや、世界中から注目されてしまうかもしれない。

そういうのは絶対に避けたいので、治療院を開く気はない。

それくらい特別な回復魔法なので、今こうして目の前にいる赤髪の少女が驚くのも無理はない。

「……夢……じゃない、わよね……？」

少女は自分の手足の感覚を確かめるように、失ったはずの両腕と麻痺していたはずの両足を恐る恐る動かしている。

目には涙が溜まり、まだ動揺が消えないようだ。

「よし。じゃあメアリーのところに行って、明日から働かせてもらいますって自分の口で伝えてこい！」

赤黒く変色した血の付いた包帯を床から拾い上げた俺は、未だ困惑する少女に向かって微笑みかけた。

俺の回復魔法の凄さはセバスチャンやメアリーのみならず、他の召使達の間でも周知の事だった

ので、よく召使達の怪我や病気を治していた。

だから、こうして誰かを治療するのは別に苦じゃないわけだ。

「……なに、これ……」

少女は自分の手足を動かしながら、気味悪く思うような、嬉しいような……そんな曖昧な表情を浮かべていた。

「……夢よね。そうよね、これは夢よ！　こんな事ありえるはずがないもの！　まさか腕が再生するだなんて……あるはず……ない、もの……」

少女は静かに泣いていた。

自身の手足をしきりに動かして感触を確かめ、時折、俺の表情を確かめながら笑みを浮かべており、形容し難い感情なのだと分かった。

やがて五分ほど経つと、ようやく現実を受け入れて落ち着いたのか、少女はどこか覚束《おぼつか》ない足取りで立ち上がる。

そしてこちらには目もくれず、部屋から走り去ってしまった。

まさかまさかの、予想だにしない展開に俺は呆然《ぼうぜん》と立ち尽くす。

何も言わずに少女がいなくなった事で、俺は部屋に一人取り残される。

「……逃げられた」

俺がポツリと呟いた時、部屋にセバスチャンが入ってきた。

「フローラル様。ドタバタと音が聞こえたので参上いたしましたが、一体どうされたのですか彼女、泣いておりましたが？」

セバスチャンは、訝《いぶか》しげな視線を俺に向けてくる。

「ただ体を治しただけなんだが、びっくりされて逃げられた。あっ、別に追わなくていいぞ。本当はメアリーのところで働いて欲しかったけど、あの娘の意思を第一に優先するから」

奴隷として買ったとはいえ、一人の人間だ。

逃げる判断をしたならそれで構わない。

一人の命を救えたのだとプラスに捉えよう。

まあ、時間と経費を考えればマイナスなのだが……

「かしこまりました。それで、残りの二人についてなのですが……」

「ん？　ああ、残りの二人とも話したいから連れてきてくれ。早く治してあげた方がいいだろ？」

「そうなんですが、二人とも警戒しており、全く話を聞いてくれないのです。なので、しばらく時間を置いた方が良いかと思います。治療のためとはいえ、私が少女を無理やり連れてきたせいかと」

「そうか。そういう事なら仕方ないな……ところで、俺の顔って怖いかな？」

逃げられたのはこの顔のせいか？　それとも雰囲気？

治療をして逃げられた事なんてないので疑問である。

「前領主様とよく似た銀髪は美しいですし、スタイルも良く顔つきも柔和《にゅうわ》ですよ。十五歳を迎えて男性らしくもなってきましたね。無愛想に見える事もありますが、怖い部類には入らないかと」

「ならいい。じゃあ、俺は疲れたし、昼寝する」

「ゆっくりお休みくださいませ」

こうしてセバスチャンがいなくなったので、俺はベッドに飛び込んだ。

パンツ一丁で布団にくるまり目を閉じる。

クソ貧乏な貴族とはいえ、ある程度の資産はある。

俺のポケットマネーは辞めていった召使達に分配したのでほとんど残っていないが、父が所有していた宝石や家具、観賞用のモンスターのドロップアイテムなどを売れば、生活費の足しにはなる。

先ほどの少女が逃亡したのは少し残念であるが、残りの二人には、今後のダーヴィッツ家のためにしっかりと働いてもらわないとな。

そのためにも、近いうちに接触《せっしょく》して好感度アップを図る必要がある。

数日したら顔を見に行くとしよう。


名も聞けなかった少女を治してから三日が経過したが、案の定と言うべきか少女は帰ってこなかった。

三日も帰ってこないとなれば、もうこれまでだろうと判断した俺は、いくらかでも稼ぐために、亡くなった父の書斎《しょさい》の整理をしていた。

整理といっても散らかっている部屋を片付けるわけではなく、特に高価そうな物品を選別し、近いうちに売ろうと考えての事だ。

父は、ただでさえ貧乏なダーヴィッツ家が、クソ貧乏な貴族に成り下がった原因である。

宝石や希少な鉱石などに目がない人で、それらに金をかけていた。

所謂《いわゆる》コレクターというやつである。

我がダーヴィッツ家に余裕がなくなった後も、己の欲を優先してそれらを収集し、召使達への給与を何ヶ月も払わずにいた。

そんな父が亡くなり、二人の兄は婿養子になり出ていってしまって、俺がダーヴィッツ家の最後の当主になるのではないかとすら思えてくる。

「おっ、これは売れそうだな」

そんな事をダラダラと考えながら書斎に篭《こも》り、宝石類の入った箱の中を漁《あさ》っていると、高そうな宝石を発見した。

白くキラキラ煌《きら》めいており、透き通るような美しさは、そんじょそこらの石ころとは違って見える。

「綺麗《きれい》だ」

窓から差し込む太陽に透かして見ると、その美しさがより際立つ。これは高い。間違いなく高い。

俺の勘がそう言っている。

売っぱらって金にしよう。

そう思い、悪い笑みを浮かべていると、背後から人の気配を感じた。

「……それは贋作《がんさく》。ありふれた偽物」

振り向くと、そこにいたのは両目を覆い隠す黒い布をつけた少女だった。

彼女は扉に隠れるようにしてこちらの様子を窺《うかが》っている。

改めて見ると、先日走り去った赤毛の少女よりも年が下なのは間違いない。

十歳かそこらだろうか。雰囲気は大人びているが、背丈《せたけ》が低く、幼さが隠しきれていない。

ダボダボのチャコール色のローブを着ているのも、幼く見える要因の一つだろう。背伸びをしている子供そのものだ。

「これが贋作だと分かるのか？」

俺の問いに首肯《しゅこう》する少女。

空色の髪の毛が僅かに揺れる。

「見えていないのにどうして分かる？」

「教えない」

「……君の名前は？」

赤毛の少女とは違い、表情はかなり乏《とぼ》しい。

「リリをどこにやったの？　もう殺したの？」

俺の質問に答える事なく、逆に質問をぶつけてきた。殺したとか物騒《ぶっそう》な事言うな。

「リリって誰だ？」

「リリはリリ。赤毛のリリ。名前すら覚えていないなんて酷い」

「あー、リリっていうのか。彼女ならもういないぞ」

赤毛と聞いて、リリというのがあの逃げた少女の名前だと分かったが、メアリーにも今度会った時に伝えておかないとな。

苦労かけたのに申し訳ない、と。

「……やっぱり、貴方《あなた》も非道。清くて白く見えるのに……」

「俺は悪くない。十分歩み寄ったつもりだし、こうなったのは彼女自身の判断だ」

箱を漁るのを再開して答える。

話も聞いたし治療もした。こちらに打算があり、上手く利用する事を考えていたのは確かだが、それでも逃げられてしまったのならそれまでだ。

「そう……」

「おっ、これはどうだ？」

一言返事をした少女に、俺は新たに見つけた直径十センチくらいの水晶を見せた。

神秘的な青色をしており、薄《うっす》らと魔力を感じる。

これは期待出来そうだ。

「それは……！」

「もしかして、凄いやつか？」

ハッとした声で驚いていたので、俺の鼓動も跳《は》ねた。

「ううん、それはドラゴンの体内で作られる小さい水晶。排泄物《はいせつぶつ》と一緒に出されるけど、内部に魔力が閉じ込められている。観賞用としては大人気。でも、そのサイズはそんなに高値で取引されてない」

「そうか……残念だな。綺麗なんだけどなぁ」

観賞用として人気があるのがよく分かるほど、見ているだけで心が洗われる。

深い青色が印象的で、他にはない色と言える。

排泄物と一緒に出されるという点が気になるが、変な臭いもしないし見た目も美しいので問題はないだろう。

「……ジーーーーーーー」

水晶を眺めていると、ジーーーーッと強い気配を感じた……というか声が聞こえてきた。

少女は目が見えていないはずなのに、顔をこちらに向け何かを訴えかけてきた。

「なんだ、欲しいのか？」

「……別に」

少女はぷいっと視線を逸らすと、ぶっきらぼうに答えた。

嘘をついているのが丸分かりである。手をモジモジ動かしているし、話し方は子供らしくなくても、やはり素直さは年相応だ。

「やるよ」

「いいの？　代価は？　体？　十歳だけど大丈夫？　それとも殺す？　虐める？　それならいらない」

「体なんて求めてないし、殺さないし、虐めないから受け取ってくれ。欲しいんだろ？」

あらぬ誤解をしてくれているようだが、俺にはそんな嗜虐的《しぎゃくてき》趣味はないので、早いうちに否定しておく。

「……うん」

こくりと小さく頷いた少女は、警戒した猫のようにゆっくりと近づいてくるが、足元の分厚い本に足を取られると、そのまま前方に倒れる。

「キャッ！」

「――っと……大丈夫か？」

間一髪のところで反応した俺は、両手で少女の体を受け止めた。

危なかった。この痩せて骨ばった体で倒れたりすれば、簡単に怪我をしてしまう。

というか、水晶の色とか大きさは分かるのに、足元は見えてなかったのか？

「はぁ……へ、平気」

体勢を直した少女は、胸に手を当てて息を落ち着かせてから返事をすると、俺の右手から水晶を受け取った。

そしてすぐさま両手で大切そうに握りしめると、それはもう嬉しそうな笑みをこぼした。

最初に見た時とは大違いだ。あれから四日経っているので、環境の変化に少しは慣れてきたのかもしれない。

怯えている様子は抜けきっていないが、これは良い兆候《ちょうこう》だと言える。

「……俺は作業に戻る」

彼女の感情の起伏《きふく》に面白さを感じながらも、俺は再び選別作業に取りかかった。

「いつまでそこにいるんだ？」

再び手を動かし始めても、少女はその場に留《とど》まり続けていた。

「いちゃダメ？」

「ダメじゃないが、俺の事が怖いんじゃないのか？」

「大丈夫。多分、貴方は悪い人じゃないから」

「単純だな。じゃあ俺が漁るから君が価値あるものを選定してくれ。こういうのを見定めるのは得意なんだろ？」

「分かった。それと、君じゃなくて、レレーナ」

「何が？」

「私の名前」

「……！　俺はフローラルだ。よろしくな、レレーナ」

「うん」

俺は挨拶《あいさつ》をして手を差し出したが、レレーナは両手に抱える水晶を眺めるだけで手を握り返す事はしなかった。

その態度で、彼女は目が全く見えていないという事実を改めて認識する。

「……その目、治してやろうか？」

「大丈夫。まだ、いい」

「そうか。治して欲しくなったらいつでも言ってくれ」

「うん」

レレーナはなんの気なしに返答していたが、やはり目が見えないのは不便極まりないだろう。

無理強いはしないが、今すぐにでも治してやりたいのが本音である。

「作業、手伝ってもらえるか？」

「分かった」

レレーナと俺はそれから数時間、選別作業を続けた。

それにしても、どうして目が見えていないのに、物の価値を鑑定出来るのだろうか？

選別において嘘をついてるようには思えなかったし、レレーナの知識の豊富さは一流の鑑定士をも凌《しの》ぐほどだろう。

そんな彼女とは、その口で過去を教えてくれるまで、仲良くいられるとありがたい。

あまり感情を表に出さない性格ではあったが、リリの時と比べるとかなり好感触だと思うしな。

今後のダーヴィッツ家の力になってくれる重要な存在である事は間違いないだろう。


レレーナと共に選別作業をしていると、空が赤く染まり始めた。

「ふぃーーーーーー……終わったーーー!!」

一日を費《つい》やして書斎の整理という名の選別に勤《いそ》しんだ俺は、床の上に力なく大の字に倒れた。

父がコレクターなのは知っていたが、これほどの量を収集しているとは思わなかった。驚いたし、単純に凄い。

給料が支払われていなかった召使達にバレていたら恨みを買ってしまいそうだが、故人相手に今更責めたりはしないだろう。多分。

「疲れた」

「レレーナ、手伝ってくれてありがとう。これでダーヴィッツ家の懐は温かくなりそうだ」

彼女は一切表情を変えずに呟いていたが、きっと表情に出ていないだけなので、労《ねぎら》いの言葉をかけておく。

「いい。私も楽しかったから。それに昔を思い出した」

「昔？」

「リリを殺したフローラルには教えてあげない」

「殺してねぇよ」

「……本当？」

「本当だ。嘘はつかない」

レレーナは疑いを孕んだ声色で聞いてきた。

何度言っても信じてもらえそうにない。

「ふーん。じゃあリリはどこ？」

「分からないが、今頃スモーラータウンのどこかで働いてるんじゃないか？　料理が得意って言ってたし、食堂とか行けば会えるかもな。ああ、散歩も好きって言ってたから、もう別の領地に行っちゃったかもな」

きっとどこかで幸せに暮らしている事だろう。

再生した両腕と力を取り戻した両足を使って元気に生きてくれ。

「え、料理に散歩ってどういう事？　リリは手はないし、足も使えないはずなのに」

レレーナが当然の疑問にたどり着く。

「さっきレレーナにも目を治すか聞いただろ？　俺ならそういう傷すらも治せるんだよ」

「へぇ……？　ところで、スモーラータウンって何？」

「ダーヴィッツ家の領地で、小さな街なんだが、中々いいところだぞ。小さいわりに栄えてるから幸福度は高いはずだ。それに、他の国や領地と違って、奴隷制度もスラムもないから誰でも大歓迎だ」

この屋敷から一キロほど北西に進むとスモーラータウンがある。

自分で言うのもなんだが、住みやすいところだと思う。

「スラム、ないんだ。不思議」

「ああ。うちは変な階級とか身分制度は設けてなくて、平等がモットーだ。だからダーヴィッツ家も貴族であり、領主だが、あくまでそういう役職として存在しているだけだ」

男爵やら公爵やら伯爵やら……全てが面倒だと思ったうちの先祖が、自分達に対してフランクに接しても問題ないと領民に明言したらしい。

文献によれば、階級は男爵に当たるらしいので、兄達は一つ上の階級となる子爵家に婿入りしたわけだ。

つまり、対外的にはダーヴィッツ男爵となるので、内外で振る舞いを変えなくてはいけない面倒くさい階級制度である。

「じゃあ、私達も奴隷じゃないって事？」

「まあ、そうなるな。奴隷として買ったのは事実だが、この領地に入った時点……いや、この領地にいる間は平等になる」

世間一般では奴隷は物として扱われるので、厳密に言えば彼女らは俺の所有物になるわけだが、逃げてはいけないなどの厳しい制約はないし、主《あるじ》である俺が何かを強制する事もない。

「逃げても何も言わないの？」

「我が家のために働いてほしいとは思うが、一人で生きていけるなら止めはしない。現にリリはもう逃げてるからな。全力ダッシュでいなくなったぞ」

逃げないようにするなら、うちに来た時に鎖をつけているし、自由に屋敷の中を歩かせたりはしない。

この待遇は、危険性がないと判断した事に加えて、今後はダーヴィッツ家のために自主的に働いてもらいたいと俺が望んでいるからこそだ。

「え？　さっきの回復魔法の話は本当だったの？」

先ほどの反応が薄かったのは、やはり俺の回復魔法を信じていなかったからこそのようだ。

「おう。嘘なんてついてないぞ」

「……じゃあ、本当にこの目も治せるの？」

「当然。さっきも聞いたはずだが、治すか？」

「……いや、いい」

黒い布で覆い隠された両の目を治そうと提案したが、レレーナは少し間を置いた後に、やっぱり首を横に振った。

本人がそう言うなら強要《きょうよう》はしない。

「そうか」

「うん。じゃあ私は食堂に行く」

「もうそんな時間か。気をつけてな」

「またね」

立ち上がったレレーナは、こちらに向かって小さく手を振ると、左手を壁につきながらゆっくりと立ち去った。

右手には大切そうにさっきの水晶を持っている。

宝石や鉱石、その他の価値ある物は見えてるように思えたんだが、普通の景色は見えてないらしい。

どういう理屈か分からないが、不便な事に変わりはない。

「さて、俺も軽く片付けたら、部屋で食事にするか」

ここ数日はセバスチャンにもメアリーにも会っていない。

二人はこれまで他の召使がこなしていた、日常的な業務の全てを請け負っているからだ。

まずは一人でも召使を雇えるようにならなければ、二人の負担を減らす事は出来ない。そのためにも、定期的な収入を期待出来る当てを考えなければならないな。

それまでは食事も、自室に蓄《たくわ》えてある保存食が中心になるだろう。

治した少女が逃亡するのは想定外だったので、そろそろ本格的に動き出さないとまずい。

一先《ひとま》ずは、選別を終えた物品を自室に運び込むとしよう。休憩はその後だ。


「はぁぁぁぁ……疲れた」

部屋に戻った俺は吸い込まれるようにソファに身を委《ゆだ》ねると、だらしない体勢で天を仰いだ。

先ほどレレーナと選定を終えた物品を部屋まで運んだ事で、体力はもうゼロに近い。

運んだと言うか、あまりに重すぎたので、非力な俺はここまで時間をかけて引きずったのだが。

疲れたので食事をしようと思ったが、蓄積した疲労が食欲を押しやり、そんな気分ではなかった。

誰かの手料理なら喜んで食べるのだが、セバスチャンもメアリーも忙しいので無理な注文はしたくない。

そんな事を考えながらも、ソファに深く腰かけてボーーッと天井を見ていると、扉をノックされた。

セバスチャンかメアリーだろう。

というか、二人しかありえない。

「入っていいぞ」

許可を出すと扉が開かれたが、疲れているので、そちらに顔を向ける気力もなかった。

たちまち部屋の中に広がるのは、香ばしいチキンと焼きたてのパンの香り。

料理を持ってきたという事はメアリーだろう。

彼女が振る舞ってくれる料理はお気に入りだ。

鼻腔《びこう》をくすぐる香りを堪能《たんのう》しながらも、俺はため息交じりに言葉をかける。

「別に俺の食事なんて作らなくていいんだぞ？　彼女達の栄養状態を第一に考えてやってくれ。今日、レレーナっていう盲目の少女と話したんだが、やっぱりかなり痩せてるし、もっと食べさせてあげた方が良さそうだったからな。俺なんて後回しでいい」

俺は体勢を変えずに言った。

静かに目を閉じて腹の虫が鳴くのを我慢する。

レレーナは今まで食事と睡眠を満足に取れていなかったのか、健康状態は良くないようだった。

ここで何日か過ごした事で、多少は改善されたようだが、健康体というには程遠い感じがする。

「……」

しかし、そんな俺の言葉に反して、テーブルの上にはトレーが置かれた。

メアリーは俺の側《そば》に立っているのか、少しばかり妙な視線を向けてくる。

返答すらしてくれないとは、きっと俺の健康状態も考えてくれているのだろう。

さすがはメアリー。良い召使を持ったものだ。

「分かった分かった。食べるから」

面倒臭い感じを出して言ったが、体は正直だった。

その証拠に、グゥッと腹が鳴る。

俺は体を起こして目を開くと、目の前の食事に視線を移す。

疲労からか視界がぼやけているが、嗅覚は正常だった。

美味そうだ。こんがり焼きたてで、ふっくらしたパンに、野菜入りのスープ、そして輝く大きなチキン。

こんな食事は久しぶりだな。もう我慢出来ない。

「……美味い！　美味いぞ！」

フォークを動かす手が止まらない。

貴族の行儀作法など忘れて、ガツガツむしゃむしゃ、ひたすらに食べ進めていく。

だが、少しだけいつもと違う気がする。

うちの召使が作る料理は、父の意向もあって、もっと濃くてコッテリとした味わいだった気がする。

対して、これは以前に比べて味が薄く、体に優しい味付けに感じる。

まるで噂に聞く一般の民の家庭料理のような味だ。食べた事はないが、普段の味付けとは明らかに違う。

「調味料とか変えたのか？」

パンを齧《かじ》りながら問う。

「いえ」

「ふーん。そうなのか」

となると、味が薄めなのは弱っているレレーナ達の健康状態を思っての事に違いない。

シェフが変われば味も変わると思ったが、今この屋敷で料理が出来るのはセバスチャンとメアリーくらいなので、それはありえない。

俺としても、濃い味は胃もたれして今の体にはあまり好ましくないので、これくらいがちょうどいい。

今後はこの味で作ってもらおう。

「そういえば、メアリー。彼女達の件なんだが……もう聞いてるよな?」

「……」

メアリーは特に返事をしない。リリが逃げ出したことを聞き、逃げ出されるような対応をしてしまった俺に怒っているのか、はたまた呆《あき》れているのか。

どこかいつもと雰囲気が違うため、彼女はすぐ斜め後ろにいるというのに、顔色を窺う事すら憚《はばか》られる。

「赤毛の子、いただろ? リリっていうらしいんだけど、治した途端に逃げ出しちゃってな。本当は追いかけるべきなんだろうけど、泣いてたからさ。ここに縛り付けておくのも酷《こく》かなって思って、何もしなかったんだ。わざわざ買いに行ってもらったのに悪かったな」

もう会う事もないであろう赤毛の少女の姿を思い浮かべながら、俺はメアリーに話す。

今頃、どこかで元気にしているだろうか。料理や散歩が好きと言っていたので、治療した手足で趣味を楽しんでくれてるといいんだが。

それでも、やはり申し訳なさはある。

メアリーとセバスチャン、双方の期待を裏切る結果になってしまった。

「全て俺のせいだ。悪かった」

話しながら、食事を終えた俺は、フォークを置いてからその場で立ち上がった。

すると、鼻を啜り、静かに泣く声が聞こえてきた。

「メアリー、どうした……」

あのメアリーが人前で涙を見せるなんて、何事かと思い、俺はついに振り向いた。

「え？　君は……リリ？」

しかし、そこにいたのはメアリーではなく、赤毛の少女だった。

艶《つや》やかな赤髪は綺麗に整えられており、雰囲気もどことなく違うので、パッと見ただけでは理解が追いつかなかった。

「……うぅ、ごべんなざい……」

「は？　そ、その格好……いや、そもそもなんでここにいるんだ？」

リリは顔を歪ませて大粒の涙を流していた。

黒と白を基調にしたひらひらのメイド服を着ており、ふんわりとしている袖の部分で涙を拭っていたのか、くしゃっと皺《しわ》が出来ている。

「……ご主人様は、善意《ぜんい》で助けてくれたのに、逃げ出しちゃうなんて、私は最低です……！　あの後、すぐに戻ってメアリーさんのところに駆け込みました。それで事情を説明したら、お礼がまだなら恩返しをしなければいけませんって言われて。それで、料理を作ってみたんです……」

涙をこらえながら、ぽつぽつと俺の知らない出来事を口にするリリの表情からは、申し訳なさが溢《あふ》れていた。

瞳を潤ませながら、上目遣いで俺の事を見上げてくる。

「そういう事か。じゃあ、今はメアリーのところでメイドの修業中《しゅぎょうちゅう》って感じか？」

「は、はい……」

もじもじと気恥ずかしそうに返事をするリリ。

その姿を見た俺は、気が抜けてソファにへたり込む。

思わず笑みがこぼれてしまう。同時に、一気に全身の疲れが吹き飛ぶような感じがした。

「良かった。本当に良かった……」

思いが言葉となって溢れ出てきた。

「あ、あの……本当にごめんなさい。罰なら受けますから、どうかこのお屋敷にいさせてください……」

リリは怯えるような口振りで言った。

どうやら、俺が怒っていると勘違いしているらしい。

今まで数多の貴族から受けた仕打ちがトラウマとなり、罰を受けるのが当然とでも思っているようだ。

だが、俺はそんな事はしない。

「……逆だよ。戻ってきてくれてありがとう」

「っ……！　私！　料理も洗濯もまだまだですが、ご主人様のために一生懸命頑張ります！」

顔を上げた俺が軽く笑いかけると、リリは今にも泣きそうな表情で元気に宣言した。

そして、俺の手を両手で包み込んできた。

治療を施す前のやつれた姿とは大違いだ。やはり綺麗な笑顔を見せてくれると、こちらも嬉しくなってしまう。

「これからよろしく頼む。仕事は楽しいか？」

「やっぱり、自分の体を使って仕事が出来るのは楽しいです！　洗濯も料理も、なんだって出来ますからね！」

リリは満面の笑みを浮かべながら、胸の前で拳《こぶし》を握って、ぶんぶんと首を縦に振っている。

キャラ違いすぎない？　もっと凶暴性があってツンツンしてたような気がするんだけど……

「そうか……」

「お疲れでしたら、肩でも揉みましょうか？」

本来は献身的《けんしんてき》な性格なのだろう。俺が息を吐いただけで、すぐさま背後に回って肩に手を添えてきた。

「いや、いい。というより、もっとフランクな態度で接してくれ。今後もメイドとして働くのなら、ラフな方が落ち着くんだよ。真面目なのはセバスチャンとメアリーだけで十分だ」

「……いいの？」

「気を遣う必要はない」

亡くなった父や二人の兄はどうだったか知らないが、俺は堅苦しい主従関係は苦手だ。

セバスチャンとメアリーは、長年染みついた敬語なので仕方ないが、他の者にはフランクな態度で接して欲しい。

本来のダーヴィッツ家はそうあるべきだしな。

「分かった！　ご主人様は……本当に優しいのね」

「当たり前だ」

「ふふっ……悪い人じゃなくて良かった」

俺が即答するとリリは小さく笑った。

貯め続けていたポケットマネーをはたいて、辞めていった召使達に給与を支払ったし、残りの金で欠損奴隷を購入し、さらには打算ありきとはいえ治療までした。

これだけ見れば優しい事この上ないが、まだ何も成し遂げてはいないし、優しさだけを誇らしげに自慢は出来ない。

まあ、俺が悪人ではない事は確かである。

「ふぅ……俺はもう寝る。リリも休んでもらって構わない。慣れない環境で働き続けて疲れてるだろ？」

俺は改めてソファに腰を下ろした。満腹だし疲れたし眠くなってきた。

「いいの？」

「当たり前だ。メイドの仕事は大変だろうしな」

「うん……まさか、メイドになるなんて思ってもいなかったから。それにしても、随分《ずいぶん》と寝るのが早いけど明日は大切な用事でもあるの？」

「まあな。父上の部屋で見つけたお宝を売りに行くんだ。商人に足元を見られたくないから、誰かついてきてくれると助かるんだがな」

セバスチャンもメアリーも、長く貴族家に仕えているとはいえごく普通の一般の民なので、物品の売買に関しては期待出来そうにない。

俺よりは目利き出来るだろうが、高値で売《う》り捌《さば》くとなると限界がある。

「レレーナは？」

「連れていく事も考えたんだが、いきなり同行させるのも悪いと思ってな」

今日は成り行きで手を貸してもらったが、やはり頼りすぎてしまうのも良くないと思っていた。

まだ新しい環境に慣れていないように見えたし、一気に距離を詰めるのはどうなのだろうか。

「レレーナは、生まれてすぐに目が見えなくなったらしいんだけど、なぜか価値のある物は鮮明に見えるみたい。例えばお宝とか。それにとても優しいから、きっと手伝ってくれるよ」

リリは顎に手を当てて記憶を探るように言った。奴隷だった者同士、互いの内情は少し理解しているようだ。

「……それなら、明日誘ってみるか。そういえば、レレーナともう一人の娘には、メイドとして働いている事は教えてないのか？」

「まだ言えてないわね。というか、言えないわよ。私だけご主人様に救ってもらったなんて、二人への裏切りみたいじゃない。だから、二人の事も助けてあげて欲しいの。お願い」

リリは悲しそうな表情を浮かべながら懇願《こんがん》してきた。

「そういうもんか？　本人が望むなら、俺はいくらでも手を貸すつもりだが」

レレーナには目の治療を提案したが拒否されている。

本人の意思に反して回復魔法は使用するべきではないのだ。

「そう。お願いね？　それじゃあ、おやすみなさい、ご主人様」

「ああ、また明日」

リリはぎこちなく頭を下げると、空になった食器を手にして静かに部屋を後にした。
明日の朝一にでもレレーナに会いに行って話を持ちかけてみよう。
本当はもう一人の獣人の女性にも一度会っておきたいが、それはまた今度だな。
とりあえず、明日に備えて眠るとしよう。

第二章　レレーナのお宝販売会

リリとの再会を果たした次の日。

俺はメアリーの案内のもと、屋敷の地下へと通じる階段を下りていた。

目的はもちろん、レレーナに会うためである。

元々地下は物置として使っていたのだが、どうやら今は、レレーナと獣人の女性の部屋になっているようだ。

ちなみに、リリは働き始めたので、召使用の私室を与えられているらしい。

「眠いなぁ」

「フローラル様、しっかりなさってください。領主がそれでは領民に示しがつきません」

ボーッとしながら歩いていると、前方を歩くメアリーがため息交じりに注意してきた。

「はいはい」

「はいは一回です」

「はぁーい。それにしてもメアリーも人が悪いよな。リリが逃げてなかったんなら、もっと早めに教えてくれれば良かったのに」

「リリに教えないでと言われていたのです。決心がついたら自分の口から謝りたかったみたいですよ？　まあ、無事に話が済んだようで何よりです」

そういう事か。だからわざわざ俺の部屋に夕食を運んできたのか。

「ふーん。ところで、セバスチャンはどこにいるんだ？　最近、見かけないけど……」

「彼はお屋敷の裏手にある農地を耕《たがや》しています。なんでも、昔からのんびりとした生活が夢だったみたいで、他の執事の教育に充てていた時間が使えるようになったので、まとまった時間が出来たと言って喜んでましたよ。全く、ただでさえ人手が足りなくて忙しいというのに……はぁぁぁ……」

メアリーはこめかみを押さえながら、深いため息を吐いた。

だが、セバスチャンとは旧知の間柄という事もあってか、咎《とが》める事はしないようだ。

「農地って、あの荒れ地だろ？　セバスチャンが一人で耕すなんて無理があるんじゃないか？」

屋敷の裏手にある土地は、農地とは呼べないほど荒れている。

自然が好きだった曾祖父《そうそふ》が、好んで作物を育てていたという話を聞いた事があるが、気がつけば誰も手入れする事なく時が過ぎていた。

ごくたまに深夜になると、セバスチャンが足を運んでいるのを見た事があったが、てっきり簡単な手入れをしている程度かと思っていた。

外観上の変化は何もないしな。

そんなところを一人で耕し始めるなんて、セバスチャンは中々の物好きというか、チャレンジャーである。

「ええ。ですから、リリ達の暮らしが落ち着いたら、彼の様子を少し確認してみてください」

「だな。まあ、しばらくは父上のコレクションを売るのに手一杯だし、何か手を打つとしても先になりそうだけどな。メアリーはもっとメイドを増やしたいか？」

「いえ、今のところ二人で十分です。もっと屋敷に住まう人間が増えるようであれば、別ですがね」

「そうか。じゃあ何か困った事があれば言ってくれ」

「ええ」

そんな話をしているうちに地下へと到着した。

広い廊下を歩き続けると、その先には古臭い扉がある。

元々、冒険者を志《こころざ》していた父が〝ダンジョンらしさ〟をテーマに、あえて陰湿《いんしつ》で暗い雰囲気を醸《かも》し出《だ》すように作ったそうだ。

確かに雰囲気はそれっぽい。

「……」

俺は扉をノックした。

すると、中から静かな足音が聞こえてくる。

そして、扉がゆっくりと開かれる。

「誰？」

レレーナはひょこっと顔を覗《のぞ》かせて尋ねた。

「フローラルだ。レレーナ、朝早くに申し訳ない。今日は時間あるか？」

彼女は目が見えていないので、俺は声で自身の存在を知らせると、まずはレレーナの予定を確認する。

「……うん。どこかに行くの？　私の事を幼女趣味の変態貴族に売りつけに行くとか？」

「馬鹿言うな」

「冗談」

くすくすと小さく笑うレレーナ。

笑えない冗談はやめて欲しい。胸がキュッとしたぞ。

「はぁぁぁ……昨日選別した宝石とか、色々とあるだろ？　それを売りに行くから、もし暇なら手伝って欲しいんだ。レレーナの力を貸してもらえるか？」

「うん、いいよ、準備するから待ってて」

「悪いな」

ぱたりと扉が閉められた。

昨日の感じからして、断られるとは思っていなかったが、予想以上にサクサクと話が進んでくれて助かる。

俺は少しばかり距離を詰める事に遠慮していたが、そんな必要はなかったようだ。

「彼女とはどこかで？」

「へそくりまみれの父の書斎で少しな」

「あー……何度かワタシとセバスチャンで注意はしていたのですが、やはりあのお方は変わりませんでしたか」

「あれが他の召使に見つかっていたら、間違いなく後ろから刺されていただろうな」

やれやれと呆れるメアリーに向かって、俺は笑いながら答えた。

あの書斎の中を知っているのは、俺と二人の兄、メアリー、そしてセバスチャンのみだった。

「それにしても随分と打ち解けたのですね」

「まあ、誰にでも懐きやすいタイプなんじゃないか？」

「いえ、むしろまともに関わりを持てない人の方が多かったと思いますよ？　彼女は他人の心の色が見えるみたいなので」

メアリーは何やら気になる事を言い始めた。

「心の色？」

「はい。人の心の色を見る事が出来、その色で、善悪の識別《しきべつ》が可能らしいです。ちなみにワタシとセバスチャンは透き通った紫色《むらさきいろ》と言われました。それが何か聞いたら、大人っぽくエレガントだと教えてくれました。フローラル様も何か言われましたか？」

「いや、言われてないな」

珍しく、メアリーはどこか得意げに口角を上げていた。確かに彼女とセバスチャンにぴったりの色だと思う。

一方俺はというと、特に心の色について言われた記憶はない。忘れているだけなのかもしれないが。

それにしても、人の心を色で識別出来るとは凄い。

それに、価値のある物が見えるのはあまりにも貴重で、欠損奴隷として安く売られていたのはおかしな話だ。

まあ、その事実を知らなければ、彼女はただの盲目少女なので、おそらく、レレーナ本人が誰にも言っていなかったのだろう。

「——お待たせ」

「おっ、今日はワンピースか。似合ってるな」

そんな話をしているうちに、レレーナが部屋から出てきた。

ダボダボのチャコールのローブではなく、髪色とよくマッチする可愛い水色のワンピースを着ている。

辞めていったメイド達が残していった昔の衣服を使っているようだ。

「うん……ありがとう。メアリーはお留守番？」

少し照れ臭そうなレレーナは、話を変えるためか、メアリーに質問する。

「ここにいた事に気がついていたのですね。ワタシはメイドですからお屋敷に留まりますよ」

「そっか。いるのは心の色と気配で分かる。ずっと目が見えないから他の感覚が過敏なの」

「街に行くなら、人が多いので気をつけてくださいね」

「街……リリに会えるかな？」

そういえば、レレーナはまだ知らないんだったな。

リリは後ろめたさから話を出来ていないし、一度も会えてすらいないと言っていたので、やはりここで俺の口から真実を伝えるべきではない。

それはメアリーも同じ考えのようで、俺と視線を交わすと首を縦に振っていた。

「案外、すぐ会えたりするかもしれないぞ。な？」

「ええ。きっと近くにいますよ。いつか会えます」

「そっか」

メアリーがそっと頭を撫でると、レレーナは小さく微笑んだ。

「……では、ワタシはついでにこの部屋のお掃除をしますので、お二人は街へ行ってらっしゃいませ」

メアリーは一つ息を吐いて、こちらに軽く手を振ると、一人で部屋の中に入っていった。

「了解。あっ、そうだ。セバスチャンに必要な物とか、人員の確保を希望するなら、先になるかもしれないが、可能だって伝えといてくれ」

俺はパンッと手を叩いて空気を変えると、扉の向こうにいるメアリーに声をかけた。少し大きい声で言ったから聞こえていると思う。

さて、俺達も向かうとするか。

「行くぞ。階段、気をつけろよ？」

「うん」

俺はレレーナの手を引いてゆっくりと階段を上った。

ずっと目が見えていないという話だったので、きっと階段の上り下りや一人での歩行は慣れているだろうが、やはり障害物などがあると危険である。

もしも俺がそっちの立場なら、しっかりと手を引いて補助されたほうが嬉しいと思う。

世界は皆の優しさで出来ているのだ。

さあ、まずは部屋にある物品を馬車に積み込むとしよう。

というわけで、レレーナを連れて部屋に来たわけだが……ちょっと無計画すぎたかもしれない。

一メートル四方の大きな箱に手をかけた俺は、歯を食いしばり全身に力を込めて、一気に上方向に持ち上げようと試みる。

「ふんぐぅっっっっぅぅぅぅぅっっっっっ‼」

情けない声を出すが、箱は少し持ち上がるだけで運べそうにはなかった。

これでもう五回目の挑戦だが、パワーが急激に増すはずもなく、箱は僅かに浮くだけ。

いや、数センチずつ動いてるような気はする。

この調子なら夜中になる頃には外に運び出せるだろうか……

「フローラル、腰、おかしくする」

「これ重いんだけど、どうしよう。レレーナ」

数々の鉱石やお宝が詰め込まれたその箱は、あまりにも重すぎた。

昨日はなんとか父の書斎から引きずって運んできたが、馬車の荷台まで運ぶのは厳しい。

途中は階段もあるし引きずっていくのには無理がある。

「私に聞かれても困る。でも、フローラルが非力って事は分かった。男なのに力がない」

「ぐうっ……た、確かに、俺は引き篭りで力もないが……」

正解すぎて返す言葉がない。

何歳も年下なのにズバズバと言ってくる。

出会って数日のくせに、厳しいのではないだろうか。

「それで、どうするの？」

「……セバスチャンとメアリーに頼むのが一番なんだが、二人は忙しくてそれどころじゃないだろう。でも俺だけじゃあ運ぶ術がない。何か良い策はないか？」

しゃがみ込んだレレーナは箱の中の物に指でツンツンと触れていた。箱本体は見えずとも価値のある物は見えるらしく、どの程度の量なのかは認識出来ているようだ。

「うーん……あっ」

「ん？　何か思いついたか？」

「うん。ライチなら運べるかも」

「ライチ？」

ライチとはどこの誰だ。

「獣人のお姉さん。まだ会ってないの？」

「あー……ライチ、ライチね。力持ちなのか？」

獣人というワードを聞いて思い出した。

あの狐色の獣人の女性か。

背丈は、小柄なレレーナはもちろん、リリと比べても大きかった気がするが、そんなに強そうには見えなかったような。

あまり覚えてないので定かではないが。

「ライチは元々冒険者だったって言ってたから、多分これくらいなら運べる。でも、今はどこにいるか分からない。夜は地下で寝てるけど朝になるともういないから」

元冒険者であれば簡単に運べそうだが、神出鬼没《しんしゅつきぼつ》となると捜すのにも骨が折れそうだ。

無理やりこの箱を運んで物理的に骨を折るか、ライチを捜して精神的に骨を折るか迷いどころだな。

俺は腕を組んで考えた。

その時、背後から妙な気配を感じた。

「……おっ！」

勢い良く振り返ると、そこには求めていた獣人の姿があった。

ドアに隠れながらこちらを見ているではないか。

隠れているつもりだろうが、その特徴的なケモ耳がぴこぴこと飛び出ている。

「君がライチか？」

「……」

俺が近づいて声をかけると、彼女はずいっと体を出して堂々と目の前で仁王立《におうだ》ちをした。

身長は俺よりも少しばかり低いが、スタイルが良く体幹もしっかりしていそうで、背丈のわりに迫力がある。

加えて、顔が鉄仮面《てっかめん》のような無表情で少し怖い。

「この箱を運ぶのを手伝って欲しいんだが……無理なら全然構わない。俺の方でなんとか」

「――どこに、運べばいいですか？」

俺が言い終える前に、ライチは箱を軽々と持ち上げていた。

そして箱を運ぶ事が至極《しごく》当然とでも言いたげな、飄々《ひょうひょう》とした表情でこちらを見る。

「……あー、馬車まで頼む」

「……」

ライチはぷいっと顔を背けると、俺とレレーナを置いて部屋を後にした。

「……元冒険者だけあって、クールなんだな」

冒険者はいくつもの修羅場をくぐり抜けるからか、達観している印象があったが、ライチも例に漏れず冷静だ。

「クールで隙のないお姉さんって感じ」

「だな。俺達も行くか」

「うん」

是非とも仲を深めたい。

見たところリリやレレーナのような外傷はなさそうだし、元冒険者って事を考えれば金稼ぎは捗《はかど》る事だろう。

お宝販売以外で現状稼げるとしたら、彼女に冒険者として稼いでもらう事だろうか。彼女が協力してくれればの話ではあるが。


ここはスモーラータウン。

柔和な表情を浮かべた人々が行き交い、街は小さくとも活気があって栄えている。

俺は御者席に座り、馬を歩かせていた。

荷台にはレレーナが、その側には例の荷物が載せられている。

流れでライチの事も誘ってみたのだが、ぷいっと顔を逸らされて、どこかへいなくなってしまった。

やはり心の距離を感じる。

言葉数も少なかったし、彼女と仲を深めるのはまだ先になりそうだ。

「落ちたら危ないから、何かに掴まっておくんだぞ？」

「大丈夫」

俺の言葉に、背後のレレーナは小さな声で返事をする。

それにしても、久しぶりに来たな。

俺はアウトドアなタイプじゃないし、所詮《しょせん》は三男だったので、積極的に交友関係を広げたりはしてこなかった。

だからコネなんてないわけで、絶賛途方に暮れている最中である。

これじゃあ馬の散歩をしているのと変わらない。

「レレーナ、高く売れるいい方法はないか？」

「規模の大きい宝石商とか、なんでも取り扱ってる商会に売ったら必ず損する。いくらフローラルが領主でも、足元を見られると思う。だから、これを欲しがってる人を探して直接売りつけた方がいい」

「まあそれはそうだけど……どうやって欲しい人を探すんだ？」

欲しがる人間に直接売った方が、そりゃあ儲けが出る。当たり前だ。

でも、その方法がない。他の領地や外国まで行くのも労力が必要だし、そんな労力を今の俺達が割く事は不可能だ。

「冒険者ギルドの掲示板に、大々的に貼り出すのが良いと思う。貼ってもらうのにお金はかかるけど、儲けは期待出来る」

「じゃあ『欲しい人はダーヴィッツ領スモーラータウンの近くにあるダーヴィッツ家まで来てね！　お金があれば売るよ！　要交渉！』って感じで貼ってもらうか？」

「うん。そうすれば貼り紙を見て、欲しいって思った人は必ず現れるし、こっちから向かう必要もない。この箱に入ってるお宝の質なら、絶対に成功する。私が保証する」

レレーナの言葉には嘘偽りなど一切ないのだろう。強い自信を感じた。

試す価値はありそうだな。

初期費用さえ確保すれば実現可能って事だし。

でも、そうなるとやる事も変わってくるぞ。

他の費用を捻出するためにこのお宝を売りに来たわけだから、別の方法でなんとか初期費用を稼がなければならない。

「大丈夫。貼り出すお金については心配しなくていい。それなりに貴重なお宝を担保《たんぽ》としてギルドに預ければ、お金を貸してもらえる。それに、フローラルは領主。相手が商人なら別だけどギルドとなれば名前を出せば、もしかしたら、それだけでお金を貸してくれるかもしれない」

「お、おう。それなら安心だな」

俺の懸念している事を的確に答えてくれた。レレーナには全てお見通しのようだ。

「じゃあ早速冒険者ギルドに向かうか」

俺は手元の地図を見ながら冒険者ギルドを目指した。

というか、レレーナの知性と機転の利く判断力はどこで身につけたのだろう。その歳でもう賢《かしこ》さが滲《にじ》み出ているし、なんなら俺なんかよりも何倍も頭が回るので、口出しする箇所が見当たらないな。

でも、そんなに簡単にいくのか？

流れに任せちゃったけど、失敗したら次の策なんて思いつかないぞ？

少しばかりの不安を胸に馬を走らせて、俺とレレーナはギルドに到着した。

そして、流れに任せてギルドの受付嬢とやり取りをしていたのだが……気がつけば話は円滑に進んでいた。

「では、近日中にこちらの宣伝広告を、王都を含めた各地の冒険者ギルドの掲示板に貼り出します。フローラル様、今後もスモーラータウンの事をよろしくお願いいたします！」

「ど、どうも……こちらこそ」

恭しく頭を下げる受付嬢に辟易《へきえき》しながら、俺は言葉を返した。

「上手くいった」

「とんとん拍子だったな」

ギルドを後にした俺とレレーナは、馬車に乗り込み帰路につく。

山から下る流水の如く、ギルドでの話は途切れる事なく軽快に進んでいった。

結局、今持っているお宝を担保に入れずとも、名乗るだけで宣伝広告の用意をしてくれた。

いくら俺が三男とはいえ、やはり名前は知られているようだ。

父の死後、三男の俺がいきなり領主になった事も既に知れ渡っているらしく、皆が俺に温かい眼差しを向けていた……そんな気がする。

話を戻すが、宣伝のために俺達がやった事と言えば、宣伝内容を考えて掲示依頼をする事。その際に掲示する範囲と要望なども伝えておく事。販売可能なお宝のリストを作成し添付する事。これだけだ。

コソコソと隣でレレーナが助言してくれていたおかげで、無知な俺でも円滑に話を進める事が出来た。

「レレーナはどこでこういった知識を身につけたんだ？」

御者席についた俺は、馬を走らせながら軽快な口調でレレーナに尋ねた。

「交渉とかはスラムで、それ以外は感覚」

ぼそりと返すレレーナだが、詳しくは語らなかった。

「スラムか……仕方なくって感じか？」

「うん。生きるため」

「そうか」

俺が返事をすると会話は途切れた。

生きるためとは、よほどの訳ありと見た。

生まれてすぐに光を失った事に加えて、スラム育ちとなれば、彼女も何かしらの問題を抱えて生きていそうだな。

「……聞き出さなくていいの？」

数十秒後。レレーナはおずおずと聞いてきた。

振り返ってちらりと顔を見ると、両目を覆い隠す黒い布は僅かに湿り気があった。

「ん？　ああ。泣いてる女の子に無理やり話をさせるほど俺は気の遣えないやつじゃないつもりだ。レレーナが話したくなった時にでも話してくれればいい」

俺は自分が人よりは優しいと自負している。

誰かを縛り付ける事もしなければ、弱者を虐めたり見捨てたりもしない。

三男という危険とは程遠い環境で過ごしてきたからこそ、自分にも他人にも甘く接しているのかもしれないが。

「……いつか、話すから」

「待ってるよ。ところで、これでお宝販売の第一段階は成功したわけだが、後は屋敷に来た購入希望者と交渉して売り捌くだけで大丈夫だよな？」

レレーナの返答に軽く返事をした俺は、重たい空気を振り払うように声のトーンを上げた。

「うん。でも、それが中々大変かも。相手がやり手だったら交渉術は必須になるし、譲歩《じょうほ》しない強気な姿勢が大切になる」

「強気な姿勢かぁ……俺ってあんまり向いてないんじゃないか？　そんな経験ないし」

何度も言うが俺は三男だ。

貴族とは言え、突出した回復魔法以外は一般人と何も変わらない。

それに、他人に強く当たったり厳しい態度を見せるのは得意じゃない。

「うん。フローラルは温厚で優しいから、そういうのは向いてないと思う」

「だよなぁ。いっその事、交渉はセバスチャンかメアリーに任せるか？　いや、でもなぁ……二人だって忙しいだろうし……」

交渉事に俺は向いてない。

それははっきりしているので色々と考えてみたが、頼りに出来る人手の少なさを考えると、選択肢は限られてしまう。

「……私、出来るよ」

彼女の言葉は力強く、嘘はなさそうだった。

「本当か⁉　それなら、任せていいか？」

俺は思わず馬車を止めて、背後にいるレレーナを見た。

「うん。スラムにいた時はゴミの山から見つけたお宝を売って暮らしてたから、そういうのは得意。フローラルが任せてくれるなら、私が交渉してみる」

少しだけ恥ずかしそうな様子のレレーナだったが、その言葉を聞いた俺はすぐに決心を固めた。

というより、そうする以外に選択肢はなかった。

「そうだったのか。俺も取引には立ち会うから、そこで交渉術を見せてくれ」

「本当にいいの？」

「問題ないさ。お宝販売の第一段階が成功したのもレレーナのおかげだからな」

「そ、そうじゃなくて！　このお宝の山を売れば、フローラルが思っているよりも、とてつもなく大きいお金が動くし、それを私みたいな奴隷が扱っていいのかなって……盗んで逃げたり、ちょろまかして自分のものにするかもしれないよ？」

レレーナは珍しく大きな声で言葉を返してきた。

それは、どこか試すような言い方だった。

「その時はその時だ。そもそもレレーナは、俺の身勝手で奴隷として買われてしまったわけだが、この領地にいる限り奴隷ではないんだ。確かに盗んだり横領《おうりょう》したりするのは良い事ではないが、少なくとも俺がレレーナを信用しているから問題ない。裏切られたらその程度だったって事さ」

相手に信頼してもらうために、まずはこちらから信頼する。

無知な俺が出来るのはそんな簡単な事だけだ。

金がなければ稼げばいい。手段がなければ探せばいい。彼女達が逃げたら買い足せば……まあ、その考えは良くないが、逃げられたって事は、その程度だったという事。

互いに無理をする必要なんて全くない。

「まあ、とにかく帰ろう。交渉のための部屋は俺が用意しておくから、レレーナは希望者が現れるまではしばらく休んでいてくれ」

俺は言葉を続けると、馬の尻を軽くムチで叩いて再び馬車を動かした。

さて、今日やれる事は全て終えたし、気がつけばもう夕方だ。

帰ったら早めに準備を始めるとしよう。


レレーナと共に街へ行った一週間後。

交渉に向けた部屋のセッティングなどの作業はあらかた片付いたので、俺は昼食が運ばれてくるまでベッドに寝転がっていた。

本当はこんな事をしている暇などないのだが、ここ最近は色々と忙しかったので、さすがに疲れていた。

だからこそ、今日は午後だけ休息の時間にあてる事にしたのだ。

「フローラル様。メアリーです。お食事のご用意が出来ました」

「入っていいぞ」

枕に顔を埋めていると、扉をノックされたので入室を促す。
二、三十分前に頼んだのに準備が早いなと思いながら、俺はベッドから抜け出しソファに向かう。
既にメアリーは慣れた手つきで食事をテーブルに並べ始めており、部屋には香ばしいパンとスープの香りが広がっていた。

おかずとして、こんがり焼けたベーコンとスクランブルエッグもある。

「これはメアリーが作ったのか？」

「いいえ、基本的に料理は全てリリに任せていますので、ワタシはお屋敷の清掃や整備をしています」

「ふーん。セバスチャンは相変わらずか？」

彼とはしばらく顔を合わせていないが、おおよそ居場所の見当はつく。

「ええ、暇があればずっと裏の農地を耕してますよ。毎日執事としての仕事を終えた後に通い詰めてます。今度会ったらフローラル様が心配していたと伝えておきます」

メアリーは呆れたように息を漏らした。

やっぱり裏の荒れた土地にいたか。

よほど楽しいらしいな。

「……あの生真面目《きまじめ》なセバスチャンが息抜き出来ているのなら、放っておいても問題ないか。で、リリの様子はどうだ？　元気そうか？」

「リリの事は安心してください。以前とは比べ物にならないくらい元気になってますし、すっかり今の生活を気に入っているようですよ」

セバスチャンへの反応とは打って変わって、リリの話になるとメアリーは子を想う母のような温かい笑みを浮かべた。

良い関係を築けているようで何よりだ。

「なら良かった。でも、まだまだ足りないよな。労力となる人手も資金も、何もかも。今すぐにでも購入希望者がわんさか来てくれると助かるんだがな」

「例の広告ですか？」

「ああ。レレーナの協力もあってうまくいきそうなんだが、今日で一週間……中々希望者が来てくれないんだよ。残された金と備蓄してる食料もそこまで多くないだろ？　だから、出来れば今日か明日には来て欲しいんだがな……」

俺はパンを齧りながらメアリーに言った。

一週間前は気楽に浮かれていたが、いざこうして日が経つと不安が募る一方だ。

『ダーヴィッツ家に眠るお宝の販売会を開催します。非常に貴重な竜の鱗や最果ての奥地でしか採取出来ない鉱石など、様々な希少品が揃っております！　現当主フローラル・ダーヴィッツが住まう屋敷まで足を運んでくだされば、お話の場を設けさせていただきますので是非ご検討を！』

こんな感じの文章に加えて、地図を添付し、さらにお宝リストまで丁寧に用意した。デカデカと宣伝広告を作成したのだが、果たしてどれほどの人の目に留まったのだろうか。

各地のギルドに掲示するという話だったので、何かしらアクションがあってもおかしくはないはずだ。

「商売は根気強く、長い目で見るものですので、焦ってはいけません。それに、ワタシはフローラル様についていくだけですので——おや？　何やら外が騒がしいですね。敵襲……にしては雰囲気が穏やかですし、一体何があったのでしょうか？」

話の途中で、外から聞こえてくる音が気になったのか、メアリーは目を細めてそちらの方向をじっと見つめた。

「うん？　なんだあれ……五十人くらいいないか？　この屋敷にあんなにたくさんの人が来るのは久しぶりだな。父上の誕生祭以来か？」

俺も、スープを一気に飲み干すと、メアリーに続いて窓際に向かい外を眺める。

物々しい雰囲気は一切ない。五十人くらいの人達が、律儀に屋敷の門の前に綺麗に並んでいた。

「馬車の数と高級感のある装い、側に控える護衛《ごえい》の多さからして……彼らは商人や貴族ではありませんか？」

「何!? ついに購入希望者が来たって事か！ そうと分かれば……メアリー！ 一階の奥の部屋に、交渉部屋を設けておいたから、そこに彼らを順番に通してくれ！ 俺はレレーナを連れてくる！ 十分以内だ！」

俺はそれだけ言い残すと、メアリーを置いて部屋から飛び出した。

向かうは地下室だ。

おそらく、のんびりしているであろうレレーナを迎えに行く。

間違いない。あれは広告を見てやってきた購入希望者達だ。

貼り紙を出してから一週間で現れるとは、遅いのか、早いのか。

とにかくこのチャンスを逃すわけにはいかない。しかも五十人もいるとは想定外だ。

一発逆転のチャンスと見た俺は、レレーナを連れて、急いで交渉部屋に向かった。

俺とレレーナはメアリーが連れてくる購入希望者候補達と、次々と話をしていった。

希望者の中には辺境の田舎《いなか》からやってきたという俺と同じ貧乏貴族や、王都で暮らしているような金持ち商人、他にも宝石集めを趣味にしている庶民など、色々な人がいた。

運良く皆の欲しいお宝が被る事はなく、交渉は順調に進んでいった。

何より、俺が全てを委ねているレレーナの交渉術は見事なものだったからだ。

目利きがしっかりしているからこそ、相手の偽りの言葉に騙されず、価格設定も見誤る事なく、言葉一つで購入希望者達を手玉に取っていた。

中には盲目なのを良い事に、力尽くでお宝の山をもぎ取ろうとする不届き者もいたが、彼らはレレーナが作り出す独特の空気感に心を折られて退散していた。

まるで、目が見えてないのに全てを見透かされているような、心の奥までバレているような、そんな感覚だった。

恐るべし十歳の少女。

ソファに腰かけるレレーナの後ろから、一人で見守っていると、気がつけばお宝の価値以上の大金がこちらの物になっている。

素晴らしい。取引は大成功だ。

あまりにも順調である。

そして残すところ、次が最後の購入希望者らしい。

最後と言っても、まだまだお宝は余っているので、気に入ってくれる物があれば買ってもらいたいところだ。

ここまで、三時間超にも及ぶ交渉だったので、俺は膝《ひざ》を曲げてレレーナと視線を合わせ、労いの言葉をかける。

「次で最後らしいが、体力は大丈夫か？」

「うん、好きな事ならいくらやっても疲れたりしないから平気」

首を横に振って答えるレレーナ。

表情が普段よりも柔らかく見えるので、こういった作業が好きなのは間違いない。

こりゃあ、俺の出番は全くなさそうだし、今後も全てレレーナに任せて良いだろう。

「フローラル様。最後のお客様です」

「分かった。入ってくれ」

扉をノックしたメアリーと、本日約五十回目のやり取りを行う。

「じゃあ早速、そこに座ってくれ。まずは簡単な自己紹介をお願いしてもいいかな？」

部屋に入ってきた最後の希望者は、冴《さ》えない顔つきの中年男だった。

大きな図体とボサボサの茶髪、そして薄汚れた服装とこけた頬。血色の悪い顔色が特徴的だ。

顔つきは決して穏やかには見えない。

少し呼吸が荒いし、様子が普通ではない。

「……何かあったのか？」

俺は中々ソファに座らない中年男に声をかけた。

すると彼はグッと歯を食いしばったかと思うと、膝をつき深く頭を下げて叫んだ。

「き、貴族様っ！　どうかオイラ達に力を貸してけろぉ！」

「ちょ、おい……待ってくれ。そんな床におでこを擦《こす》り付ける前に事情を聞かせてくれないか？」

いきなり繰り出された土下座に対し、俺は思わず止めに入る。

レレーナがあまりの声の大きさに怖がってるだろうが！

開始早々に土下座されるとは思わなかった。

今も顔を上げる様子はないし、まずは落ち着かせてから話を聞いてみるとするか。

「はぁぁぁ……」

大きなため息を漏らした俺は、メアリーに視線を送って紅茶の用意をさせたのだった。

それから数分が経過すると、落ち着きを取り戻した中年男は、申し訳なさそうにソファに腰を下ろした。

「す、すまねぇ……」

「疲れているだろうし、落ち着いて紅茶でも飲むといい。その様子だと、きっと遠方からわざわざ出向いてくれたのだろう？」

お世辞にも綺麗とは言えない装いから察するに、目の前の中年男は、スモーラータウンやその近辺から来たわけではなさそうだった。確かスモーラータウンの周辺に貧しい村はなかったはずだ。

土や汚れに塗れたボロボロのブーツが、貧しさを物語っている。

「あちぃっ！　す、すまねぇ……オイラは、ここから徒歩で三日ほど離れた村からやってきたゴロンガっていうだ。実は貴族様にお願いがあるんだけんども、聞いてくれるか？」

中年男ことゴロンガは、綺麗な白いティーカップに口をつけたが、グイッと飲みすぎて紅茶の熱さに負けていた。

少し笑いそうになってしまったが、彼は一つ咳払いをして真面目な顔つきになったので、俺も真剣に彼に向き合う事にした。

「その前に、ゴロンガはお宝を買いに来たってわけではないんだな？」

装いからして貴族や商人には到底見えない。

分かりきった事ではあるが、確認しておく。

「うっ……す、すまねぇ……風の噂で、貴族様と面と向かって話せる機会があるって聞いたもんだから……」

「……内容によるが、まずは話を聞かせてくれるか？」

俺のような弱小貴族と話しても、得られるものなど何もないとは思うが、一応話を聞いてみる事にする。

「あ、ああ！　実は――」

ゴロンガは、ポツポツと語り始めた。

貴族や商人の相手はもう終えたので、正直それほど興味はなかったのだが、内容が内容だったので真剣になってしまった。

話によると、彼の住まう村は悪徳領主による多額の徴税《ちょうぜい》により、もはや壊滅寸前で、村全体で食料不足に陥《おちい》っているらしい。

領地内のルールは領主の意向で決まってしまう事なので、良くある話なのだが、ここからが同情せざるを得ない内容となる。

最近村の近くで希少な金属である〝オリハルコン〟らしき鉱石が発見されたらしく、村人達は嬉々としてそれを売り捌き生活の足しにしようとした。しかし、それが領主にバレてしまい奪われそうになっているとの事。

オリハルコンは加工のしやすさに反して、圧倒的な強度が特徴的で、市場に出回る数は相当に少ない。

誰もが見惚《みと》れる透明感から観賞用としても需要が高く、成金貴族からも人気なので、悪徳領主が欲しがるのも頷ける。

亡くなった父もきっと欲しがるだろう代物である。

話を戻すが、村人達はそれを拒み続けた結果、更なる増税を言い渡された事で、来月の徴税で村が滅びるのは間違いない状態だそうだ。

簡単にまとめると、絶体絶命のピンチってわけだ。

「それで、俺にどうしろと？」

ここでようやくレレーナの隣に腰を下ろした俺は、ゴロンガに尋ねる。

確かに可哀想だ。領主が横暴すぎる。

同じ事をレレーナも思っていたのか、俯いてどこか悩ましげな顔つきになっていた。

しかし、今の話を聞く限り、俺に出来る事はなさそうだが。

「オリハルコンと思われる鉱石の鑑定をして欲しいだ！　クソ領主はもしもこれが本物だったら、村と売った金を折半《せっぱん》してくれるって言ってただよ！　だからおねげぇだ。どうか、オイラ達に力を貸してくれねぇか？」

「ふむ、折半ねぇ……そもそもの話になるが、そのクソ領主が言った話は確かなのか？　約束をしっかりと守ってもらえるのか？」

「へ？」

「それは確実に信じていい話なのかって聞いているんだ。そもそも高すぎる税を課していた領主が信用ならない。それに村から強奪《ごうだつ》しようとしていたやつが、今になって本物のオリハルコンを売っぱらって、それを折半すると思うか？」

あまりにも都合が良すぎる話だった。

「フローラルの言う通りで、多分、騙されてる。それと、その領主の心の色は多分淀《よど》んだ黒系統だと思う」

きょとんとした表情を浮かべたゴロンガに向かって、俺とレレーナは言葉を切らす事なく言い放った。

平和ボケもいいところだな。簡単に信用出来る領主とは到底思えないぞ。

「い、言われてみれば……あのクソ領主がオイラ達の要望を聞き入れた事なんてなかっただ……」

しゅんと俯くゴロンガは大柄な中年なのに愛嬌《あいきょう》に溢れていた。なんとなく厳しい言葉はかけにくく、愛らしくすら見える。

「……」

俺は顎に手をやり静かに考える。

領主の考えなんてすぐに分かりそうなもんだけど、目の前のゴロンガの栄養状態の悪さと疲労困《ひろうこん》憊《ぱい》の様子からして、単に頭が働いていないだけなのかもしれないな。

「というか、そもそも肝心のオリハルコンはどこにあるんだ？」

「うん。オリハルコンが本物かどうかを確認するのは簡単だけど、現物がないとさすがに分からない」

レレーナ、やっぱり凄い子。

俺はオリハルコンなんて見た事ないのに、彼女は鑑定が簡単だってさらっと言った。

「あっ、それはここにあるだよ！」

ゴロンガは腰に下げていた布袋から、拳サイズの透明な水晶のような石を取り出すと、自分の掌に乗せて見せてきた。

確かに綺麗だけど、俺には単なる透き通ったガラスにしか見えない。全く分からんぞ。

「不用心だな……まあいいや。レレーナ、分かるか？」

「うん。貸して」

「はいだ」

ゴロンガはレレーナにその水晶のような石を手渡した。

彼女は手で感触を確かめると、すぐに耳に当てて首を縦に振った。

「……この手触りと大きさに対する重量感、それに透き通るような白色と、指で突くと跳ね返ってくる高い音……間違いなくこれは本物。それも上質で相当な価値がある」

僅か五秒足らず。

早い、早すぎる。何を確かめていたのか分からないぞ。

「ほ、ほほほ、本物で間違いないだか!?」

「うん」

「うぉっしゃぁぁぃぃぃ!!　これで村の皆を救えるだ！」

ゴロンガはバンッとテーブルを叩いてから勢い良く立ち上がると、部屋中に響き渡る喜びの奇声を上げた。

疲れた体に響くからやめて欲しいが、村の窮地《きゅうち》を救えるとなれば当然の反応だ。

でも、問題はまだ終わっていない。

そう。オリハルコンが本物だったからといって、村が今の領地にある限り何も解決しない。

村に帰ったところで奪われて終わりだろう。

その先に待っている未来は破滅しかない。

「レレーナ、何か良い案はないか？　俺達も得して、村も救える方法とか」

「分からないけど……勝手に逃げ出して、この領地に来てもらうとか？」

「ダメだ。正式な手続きを踏まずに、村人全員をうちに招き入れたら向こうの領主が許さないだろう」

未だ奇声を上げ続けるゴロンガを一瞥しながら、俺とレレーナは会話をする。

ただでさえオリハルコンという希少なものを持ってるのに、無断でうちに引き入れようものなら、最悪の場合戦争になりかねない。

今のゴロンガのように、一人だけを逃がして匿《かくま》うのは容易だが、村一つとなると話が変わる。

すぐには何も思いつかないし、正直リスクが高いので、こちらに利益がなければすぐにでも断りたい案件だ。

何かメリットがあればいいんだが……

「……」

俺は気分転換に窓際に向かい、外を眺めながら思考する。

部屋の窓からは裏の荒れた土地が見える。

一階なので、同じ高さで、セバスチャンが作業している姿を見る事が出来る。

彼は小屋と農地を行き来しながら、ただ一人で黙々と作業を続けていて、その姿は孤独を感じさせる。

そこでふと思いついた。脱走がダメなら村人達を買い取って、場合によっては彼らをうちで雇い入れてもいいんじゃないかと。

「なあ、ゴロンガ」

「は、はい⁉　あっ、すまねぇ！　オイラ喜びを抑えきれず！」

未だに喜んでいたゴロンガは、恥ずかしそうな素振りを見せてからソファに座り直し、顔を赤く染めた。

「いや、いいんだ。それより、働き手になれる村人は何人くらいいるか聞いてもいいか？」

「えーと……小さな村だから若い男女は……五十人くらいかぁ？　あと、ご老人も多いんだけんども、皆心は元気だ！　他に、育ち盛りの子供も何人かいるだ！」

「十分だ。ちなみに、もしも今の領地から抜け出せるなら、危険を冒《おか》す覚悟はあるか？」

「ん？　よく分からんけんども、あんなところより他の場所にいた方が、ずぅぅぅぅーーーーーっとマシなのは確かだ！」

はっきりと言い放つゴロンガの言葉に嘘はないだろう。

決まりだ。俺達にメリットをもたらしつつも、彼らを救うにはこの方法が最適だ。

「ゴロンガ」

「は、はい！」

「――俺の奴隷になってくれ」

「ど、奴隷に⁉」

ギョッとした顔で驚くゴロンガだったが、その反応をするのは無理もない。

「説明不足だったな。俺がゴロンガを含めた村人達を奴隷として買う事が出来れば、合法的にダーヴィッツ領で暮らす事が出来る」

「え……つまり、オイラ達にわざと奴隷堕ちしろって事だか？」

ゴロンガは途端に訝しげな目でこちらを睨みつけてきた。

明確な疑いを持った目だ。

まあ、最初の俺の言い方が悪かったので仕方がないか。

「不安だろうし疑う気持ちも分かるが、君達が勇気を出して選択してくれれば、俺は出し惜しむ事なく力を貸そう」

奴隷として購入してしまえば、購入者が所有権を持つ事になるので、無断の脱走や拉致《らち》にはならない。

向こうのクソ領主とやらが納得せざるを得ない理由を強引に作り出すというわけだ。

「う、うーん……た、確かにそりゃあ違法な事ではねぇけんども、このオリハルコンはどうするだ？　オイラが奴隷になったら、クソ領主に没収される事間違いなしだべ！」

「ゴロンガさえ良ければ、この屋敷で一時的に保管しておこう。来月の徴税までに、領主にバレる事なく、全てを済ませればなんの問題もない。別に毎日領主やその遣いが様子を見に来るわけでもないんだろ？」

もちろん盗んだり、売っぱらったりはしない。

ちなみに、保管するのは俺ではなくレレーナである。

オリハルコンの価値を知る彼女に預ければ安心だろう。

「……」

「これはあくまでも提案だ。どうするかはゴロンガの判断に任せよう」

俺は悩ましげな表情を浮かべるゴロンガに言葉をかけた。

人間には権利がある。健康でいて、仕事をして、家庭を持ち、幸せに暮らす。それが当たり前であるべきだ。

理不尽な重税に苦しめられていいはずがないのだ。

「……分かっただ。ただし！　貴族様、一つだけお願いがあるだ。オイラ達を確実に救い出せるっていう圧倒的な〝何か〟を見せて欲しいだよ！　ドラゴンを屠《ほふ》れる剣術とか、大地を焼き尽くす業《ごう》火《か》の魔法とか！　そしたら納得するだよ！」

「うーーーーーん……俺、そんな圧倒的な力なんてないんだけどなぁ。非力だし足も遅いし……難しいな」

力を示して欲しいと言われても困る。

ゴロンガが求めるような力を俺は持っていないのだから。

「フローラル、どうするの？」

「……一つだけいい方法があるから、それを試すか」

考えた結果、俺には一つだけ誇れるものがある事に気がついた。

それでもいいなら見せてあげよう。

その身をもって体感すれば話は早い。

「ゴロンガ、君は何か病気にかかっているな？」

「な、なんでそれを……？　確かに、三ヶ月くらい前からお腹の調子が悪くて、食事すらまともに取れてないだよ」

そう言いながら鳩尾《みぞおち》付近を押さえるゴロンガ。

何も処置をしていないのか、相当辛そうに見える。

ここまで我慢してきたのだろう。

「見れば分かるさ。顔色も悪いしげっそりしてるぞ。多分……この辺りか？」

俺はゴロンガに近寄り、鳩尾から二、三センチ下の辺りを、軽い力で押してみた。

「い、いでででぇ!!」

すると、ゴロンガは瞳を潤ませ悲痛な声を上げる。

「ふむ……少し見せてみろ」

続いて、俺はゴロンガの衣服を捲《めく》り、腹の辺りを確認する。そこに小さな歯形と、その周囲に黒くてなんだか禍々《まがまが》しい模様を見つけた。

「三ヶ月前に何か変わった事はなかったか？」

「えーっと……村の近くの森を散策してた時に、黒と黄色の縦縞模様《たてじまもよう》の蛇に噛まれただよ。休憩がてら、木の上で昼寝をしていたら、おへその上を服ごとガブッて。別に痛くも痒《かゆ》くもなかったんで、放っておいたんだけんども……気がついたらこんな感じになってただ」

「……黒と黄色の縦縞模様の蛇か。これは遅効性の毒だな。その証拠に患部が黒く変色しているし、毒が回った腹部におかしな模様が出来ている。これは多分、放っておいたら二、三ヶ月後にはぽっくりだな」

子供の頃にその毒蛇の特徴を文献で見た記憶がある。

本当に偶然だったが、思い出す限り間違いない。

噛まれたとしても、すぐに抗体薬を打ち込めば重症化は防げるらしいが、ゴロンガのようにずっと放っておくと、このような状態になる。

そしてやがては全身に毒が回り、死ぬ。

「ぽ、ぽぽぽぽっくり⁉　き、ききき貴族様！　オイラは村のやつらのために生きて帰らねぇといけねぇだよ！　なんとかならねぇべか⁉」

ゴロンガはすっかり怯えきっており、その巨体で俺の胸に縋《すが》り付いてきた。

「なんとかしたら俺を信用してくれるか？」

俺の言葉にゴロンガは首をブンブン縦に振る。

こうも簡単に事が運んでしまうと、妙な罪悪感が芽生えてくる。

しかし、決まりだ。相手の承諾《しょうだく》をもらえればこっちのもんだ。

「よし。じゃあ俺の力を見せてやる」

俺はゴロンガの鳩尾付近に掌を軽く当てる。

そして魔力を練り上げて、掌に一点集中させる。

練り上げられた魔力は、やがて柔らかな緑色の光を発すると、ゴロンガの鳩尾付近を照らし始めた。

それは温かさを纏いながら内部まで浸透し、ものの数秒で確実な効果をもたらす。

小さな歯形と黒い模様が完全になくなる事で、治療の完了を察知した俺は、掌を離してゴロンガの顔を見た。

彼はギュッと、強く目を瞑《つむ》っている。

「終了だ」

「へ？　あれ？」

「どうした？」

「いんや、その、妙に体が軽いというか、少し調子が良くなったから何かしたのかなと……痛みもないだよ……？」

自身の腹部を摩りながら呟くゴロンガ。

何がなんだか分かっていないらしい。

「全て治療した。しばらく経てば本調子に戻るはずだから安心しろ」

「はへぇ？　も、もう治してくれたんだか⁉」

「ああ。これで俺の事を信用してくれるか？」

俺はゴロンガと視線を交わして微笑みかけた。

「う、うぅぅ……あ、当たり前だべぇっ！」

「じゃあ早速出発だ。準備はいいか？」

「はいだ！」

ゴロンガは涙を拭うと、元気な返事をして立ち上がった。

治療して間もないが、顔色は幾分かマシになっており、顔つきも少し柔らかくなっていた。

治療は成功らしい。良かった良かった。

さて、早速出発となれば、扉の外で待ってる彼にも声をかけないとな。

「って事で、セバスチャン。頼んだぞ」

俺が声をかけると、セバスチャンが部屋に入ってきた。

「御意」

彼は俺達がこの部屋で何かをしていると察知したのか、いつの間にか部屋の外で待っていたようだ。本当に出来る執事だ。

つい先ほどまでは裏の農地にいたというのに、恐るべき動きの速さである。

俺の視線で、気がついたのだろう。

「万が一、戦闘になった場合は、力の行使をしてもよろしいでしょうか？」

「許可する。ただし、相手が誰であろうと絶対に殺《あや》めるな。そして、目立つ行動は極力避けてくれ。あくまでも目的は奴隷の購入だからな。金はそこにあるのを適当に持っていってくれ。なるべく穏便に頼む」

「承知いたしました。では……ゴロンガさんでしたか？　行きますよ。そこの大金貨が詰められた袋を二つ持ってきてください」

「あ、あい！　何がなんだか分からんが手伝うだよ！」

セバスチャンが部屋を後にすると、ゴロンガもドタバタとそれを追った。ゴロンガの手には指示通り、大金貨入りの袋が二つ握られていた。

彼はいささか、そそっかしいタイプのようだが、見ていて不快にならないし、愛嬌があって憎めない。

「レレーナ、これの保管を頼めるか？　悪いな、変な事を任せちゃって」

俺は隣でずっと静かにしていたレレーナに声をかけた。

「う、うん……ねぇ、フローラル」

俺からオリハルコンを受け取ったレレーナはおもむろに口を開いた。

「なんだ？」

「今の一瞬で、本当に全部治したの？　どうやって？」

「どうやってって言われても……俺は生まれつき回復魔法が得意なんだよ。だからリリの事も、ゴロンガの事も治せたんだ」

回復魔法が得意だからとしか言いようがない。

努力したわけでもないから、コツを聞かれても分からないし方法も不明だ。

ただ魔力を練り上げて、それを対象に向ければ容易に治す事が出来る。

他の回復魔法使いには治せない重症患者すら、俺の手にかかれば一瞬で治る。

「凄いね」

「まあな。レレーナもその目、治すか？」

「私はまだ治す必要はない」

レレーナは顔を逸らすと、迷う事なく答えた。

以前と同じ答えだ。

「そうか」

「うん。私はライチと夕食を一緒に食べる約束してるから、食堂に行く。またね」

端的にレレーナはそう言って、オリハルコンをしっかりと抱えて、慎重な足取りで部屋から出ていった。

「……世界はこんなに綺麗なのにな」

俺は一人呟いた。

彼女は世界の光景を何も知らない。

人の表情も、瞳や髪の色も、色々な服装も、空の青さも、草原の緑も、月明かりの美しさも、何もかもを知らないままだ。

だが、確かに治す必要はないと言った。

その理由は、俺には理解出来なかった。

「……いつか、治したいと思える日が来るといいな」

きっと、まだその時じゃないんだ、と、俺は窓辺に佇み考えた。

その時だった。

「キャァアアアアアアアアッ!!」

遠くでレレーナの悲鳴が聞こえてきた。

しかし悲鳴と言っても、危険性を孕んだものではなく、喜びと驚きが入り交じったような叫び声だった。

どうしたのだろうかと考えたが、彼女の行き先を考えれば当然の事だった。

「やっと再会か」

食堂に行って、リリに会えたのだろう。

思いもよらなかった嬉しいサプライズである。

第三章　ゴロンガ達の帰還

セバスチャンとゴロンガが出発してから数週間が経過し、ドタバタした日々は少しだけ落ち着きを取り戻し始めていた。

最初の資金調達も無事に終わったので、今は遣いを頼んだセバスチャンの帰りを待っているところだ。

そろそろ帰ってきてもいい頃だが、まだ音沙汰がない。

まあ、彼は実は破茶滅茶に強いので、何か起こっても問題ないだろう。

それにしても、今日は天気がいい。

セバスチャンが戻ってくるまで特にやる事がないので、俺は一人で屋敷をぶらぶら歩いていた。

たまにこうして見て回る事で、ちょっとした事に気づいたりする。

例えば部屋の扉の建て付けが悪くなってたり、窓ガラスが土埃《つちぼこり》で汚れていたりする事がある。

本来はメイドと執事に任せる仕事なのだが、この屋敷の大きさに対して人員が足りていないので、文句を言う気はさらさらない。

メアリーはリリと二人で十分だと言っていたが、ゴロンガの村の人達も来るだろうし、やはりもう少し人手を増やしたいところだ。

「余裕が出来たら人員の確保もしないと……ん？　あれは……」

ぶつぶつ言いながら一人で歩いていると、前方に見覚えのある獣人の姿を発見した。

気分が沈んでいるのか、しゅんと垂れた耳と尻尾が見える。

「ライチ、こんなところで何をしてるんだ？　そこは俺の部屋だぞ」

近寄って声をかけると、彼女はビクッと驚いてこちらを振り返った。

目が泳いでおり、何か言いたげな表情に見える。

「んー、何か俺に用か？」

「……剣……いえ、なんでもありません。忘れてください」

「あっ、おい！　ったく、剣ってなんの事だ？」

一言だけ言うと、ライチは狐色の長い髪を靡《なび》かせて走り去ってしまった。

彼女はどうも掴みにくい性格だ。中々姿を見せないので、まともに話も出来ない。

本当はもっと仲を深めたいのだが……

まあ、リリやレレーナから聞いた話だと、悪い人ではないみたいなので問題はないが。

それに脱走はしないので、ここでの暮らしに不満はないのだろう。

そのうち何かきっかけを作れればいいんだがな。

「はぁぁぁぁ……」

俺は大きなため息を吐いた。

もう少し歩いたら昼寝でもするか。

そんな事を考えながらも散歩を続けたが、すぐにとある部屋の前で立ち止まった。

「ここは……」

扉には札が貼り付けられており、『リリの部屋』と丸っこい文字で書いてある。

食事の配膳や部屋の掃除をしに俺の部屋に来る事はあるが、二人きりで話した事はメイドとして最初に会って以来ほとんどない。

それは別に不仲なわけではなく、その機会があまりないというだけだ。

彼女は前よりも華やかになっており、伸び切っていた赤髪は綺麗に整えられていて、性格も活発で明るくなっている。

今はお昼時で休憩時間だろうし、少し顔を出してみるか。

「リリ。いるか？」

軽くノックをして声をかける。

すると、少し物音がしてからすぐに扉は開かれた。

「いるよー。ご主人様、どしたの？　今日はお昼はいらないって言ってたよね？」

「いや、別に用があるわけじゃなくて、ただ通りかかったから顔を出しただけだ」

「本当に変わってる。普通の貴族は使用人を訪ねるなんてありえないと思うわよ？」

「ふんっ、そんなラフな喋り方をするメイドもありえないと思うから、お互い様だ」

「むぅ……これはご主人様が許可したからじゃん！」

「はは、冗談だ」

俺は、ムッとしながら言い返してくるリリを見下ろして微笑んだ。

フィーリングが合うからか、揶揄《からか》いたくなってしまう。

「それで……本当に何も用事ないの？」

「ない。そっちは何かあったか？」

俺に用事は何もない。むしろ暇を持て余してるくらいだ。

「……えーっと、実はお洋服が欲しくて……ご主人様さえ良ければ、時間がある時にでも街に連れてってくれないかなぁ、なんて……あっ、別に無理を言っているわけじゃなくて、本当に暇な時でいいから……」

「いいぞ。この後はどうだ？　メアリーに頼めば、半日くらい休んでも問題ないだろう」

「えっ？　い、いいの？」

目をまんまるにしているが、別に驚く事じゃないと思う。

休みは必要だし、欲しいものがあるなら遠慮せずに教えて欲しい。

可能な限り手配するし、協力するつもりだ。

「問題ない。じゃあ、メアリーに話を通しておくから、準備して正面玄関に集合だ」

「わ、分かった！」

リリは喜んでいるのか、笑みを浮かべるとバタンと力強く扉を閉めた。

そしてすぐに扉の中から陽気な歌が聞こえてくる。

「ごっしゅじん！　ごっしゅじん！　ご主人さまぁ～♩」

ルンルン気分なのか、妙にポップなリズムが頭に残る。

「……楽しそうだな」

俺は思わず笑みをこぼしてその場を離れた。

さて、メアリーはこの時間だと厨房かな。

それにしても、洋服が欲しいなんて言ってくれるとは、随分と打ち解けたものだ。

俺としては、嬉しいお願いである。

「ん？　いや、待てよ……もしかして、さっきのライチのあれは、まさかそういう事なのか？」

彼女がポツリと呟いた〝剣〟という言葉。

彼女は元冒険者だ。得物が剣だったとしたら欲しがる気持ちも理解出来る。

てっきり冒険に対して意欲がないのかと思っていたが、もしかしたらそういうわけでもないのかもしれない。

リリの買い物に付き合うついでに、少し探してみるか。

俺はリリと共に、街で人気の洋服屋に足を運んでいた。

今は薄い布のカーテンがつけられた試着室の前でリリの着替えを待っている。

リリはかれこれ三十分ほど、服を選んでは悩み、試着室へと入っては出てを繰り返していた。

俺からすれば同じような服にしか見えないが、彼女からすれば全く別物らしい。

「……」

女の子の服選びってこんなに時間が必要なのかと思っていると、ゆっくりとカーテンが開かれて彼女が姿を現した。

「どう？　似合うかな？」

特徴的なサラサラとした赤毛を靡かせて、くるっと回るリリ。

明るい白色のワンピースを着ており、デザインは細身なリリにマッチしている。

「なんか言葉に出来ないけど、いいな」

よく分からない。でも、いい。

そんな感じだった。

「うげぇ……変態オヤジみたいな褒め方しないでよ」

舌を出して嫌そうにするリリだったが、どこか楽しそうな口調だったので言われても不快感はなかった。

「悪かったな変態オヤジで。でも、俺的にはもう少し暗い色の方が好みだな。このブラウンのやつとか」

俺は白色のワンピースの隣に陳列《ちんれつ》されていた、暗いブラウンの服を手に取って彼女に見せた。

「ふーん……ご主人様はそういうのが好きなんだ。じゃあ、そっちにする」

リリは一つ首を縦に振ると、迷う事なく俺の手にあるワンピースを奪い取った。

「いいのか？」

「うん。だって、メイドとして主人の好みに合わせるのが普通でしょ？　それに個人的にもご主人様が好きならこの色の方が良いかなって。じゃあ、着替えるから少し待ってて！　買ってくれてもいいんだよ？」

リリは冗談めかして微笑むと、こちらにブラウンのワンピースを渡してカーテンを閉めた。

すっかり慣れてくれたみたいだな。

「……」

軽く息を吐いた俺は、ブラウン色のワンピースを手にカウンターへ向かった。

リリは毎日頑張ってくれているので、ここは一つカッコつけてみる事にした。

値は結構張るが、仕立ての良い服に見えるので納得がいく。

ついでにラッピングも頼んでみる。

先の取引のおかげで使える金はあるが、これに関しては俺の寂しいポケットマネーを使わせてもらう。

会計を済ませて待つ事数分。

リリがウキウキした様子で出てきた。

「ほら。行くぞ」

「へっ？」

俺はリリにラッピングされた小綺麗な布袋を手渡すと、そそくさと退店する。

素っ頓狂な声とぽかんとした顔が面白い。

「い、いいの？　さっきのは冗談だったんだけど……」

「日頃の感謝と、今後に期待の意味を込めてるから気にするな」

「……ご主人様って、やっぱり優しいよね。ありがとう」

リリは柔らかい微笑みを浮かべながら感謝の言葉を口にした。

「こちらこそ。ところで、実は俺も行きたい場所があるんだが、少しだけ付き合ってくれるか？」

「もちろん！　どこに行くの？」

「武器屋だ。出来れば安くて上等な長剣が欲しい」

俺とリリは並んで街を歩きながら会話を続ける。

昼過ぎに屋敷を出て、リリの買い物を済ませたが、暗くなるにはまだ随分と余裕がある。

来る途中で、古めかしいが良さげな露店を見つけたので、とりあえずそこに向かってみよう。

「剣って……モンスター討伐《とうばつ》にでも行く気？　それとも冒険者になるとか？」

「んー、まあそんな感じだ」

行くのは俺ではないが、良い剣があれば、きっと役に立ててくれるはずだ。

そんな話をしながらも、来た時と同じ道を通っていくと、様々な武器を取り扱う露店があった。

なんとなく良さげに見えたので来てみたが、近くで見ると中々に雰囲気がある。

「着いたぞ。いい感じだな」

「……ここ、大丈夫かしら？　お爺さん、ぐっすり眠ってるけど」

リリの言う通り、店主らしき爺さんは鼻提灯《はなちょうちん》を浮かべて眠りこけている。

「まあ、古き良き店ってやつだろう。どれどれ……おー、これなんかいいんじゃないか？　刃こぼれもしてないし、ピカピカだぞ」

よくある長剣から短剣、珍しいものだと巨大なハンマーや鎌《かま》、鎖付きのトゲトゲした鉄球まで陳列してある。

多種多様な武器が並べられており、どれにするか迷ってしまうな。

「でも、めちゃくちゃ高いよ？　こんなの払えるの？」

ワクワクしながら迷っていると、リリが急に現実的な話をし始めた事で、俺は一瞬で夢から覚めてしまった。

「無理だ。貧乏貴族の懐事情では……やっぱり業物《わざもの》となると、そう簡単に手に入らないって事か」

まあ、値段については俺も見て見ぬ振りをしていたのは事実である。

取引で得た大金を切り崩せば買えなくはないが……今後の事を考えるならばやはり厳しい。

「うーん……」

でも、やはり何か買ってあげたい。出来れば長剣がいいのだろうが、なければそれに近い何かが理想的だ。

俺が唸りながら悩んでいたその時だった。

目の前で膨らんでいた爺さんの鼻提灯が、パチンと割れた。

「んがぁ……？　おぉ、若いの、何をお探しかね？」

「あ、ああ。安くて業物の長剣なんだけど……あったりする？」

俺は寝《ね》ぼけ眼《まなこ》の爺さんに話しかけた。

すると、爺さんは足元をゴソゴソと漁り、何やら茶色い物体を取り出して見せてきた。

「ほれ、これなんかどうじゃ？」

「えーっと、これは剣で合ってるか？」

目の前にあるのは、剣を模《かたど》った錆《さび》の塊にしか見えない。

形だけ見れば、かろうじて剣だと分かるレベルだ。

「もちろん。十年くらい前かのぅ……そこの広場で拾ったんじゃが、一応剣と呼べるじゃろ？」

「本当に剣……なのか？」

「剣じゃ！　今なら銅貨一枚で譲って差し上げよう！　どうじゃ？　どうじゃ？」

食い気味に売り込みしてくる爺さんに狂気を感じる。

貧乏貴族であるが故に、その金額に惹かれかけたが、広場に転がっていた錆びついた剣なんて、さすがの俺でも欲しいと思わない。

しかも十年も前のものだ。

きっと、今の俺は露骨に嫌な表情を浮かべているに違いない。

隣のリリも頬をひくつかせている。

しかし、爺さんは一向に退《ひ》く様子を見せず、むしろ、じわじわと俺との距離を詰めてくる。

「悩んでいるなら早くもらってくれぃ！　重くて邪魔だし、錆びすぎてるからいらないんじゃよ！　モンスターは倒せんかもしれぬが、ストレス発散で大木でもぶっ叩くと気持ちいいぞい！　ほらほらほらほらほらほらッ――」

「――分かった分かった！　銅貨一枚なら買うから！」

無理やり両手で剣を握らされた段階で、俺は諦める事にした。

この爺さん、多分相当な頑固者《がんこもの》で、面倒なタイプだ。

抗《あらが》うと長引きそうなので、大人しく従っておこう。

「そう言うと思っておったわい。欲しそうな顔をしておったぞぉ？」

強引に渡してきたくせに得意げな顔で嘘をつくな。

「いらねぇ……」

思わず本音が漏れる。

だって本当にいらねぇんだもん。

持ったら分かるが本当に無駄に重いし、厚い錆を纏ってるせいか、普通の剣よりも二回りほど大きい。

おまけに掌が錆で汚れるから、あまり持ちたくない。触れたくもない。

「男も女も剣も鎧《よろい》も、全ては磨けば光るもんじゃよ！」

かっかっかっと天を仰いで笑う爺さん。

不用な物を手放せて満足しているようだが、渡された側はたまったもんじゃない。

「ご主人様、それどうするの？」

「……買ったもんは仕方ない。持って帰ろう。何かに使えるかもしれないしな」

俺は剣の柄《つか》を握ると、何も切れなさそうな切先を引きずりながら帰路についた。

とりあえず俺の部屋で保管しておこう。

飾りくらいにはなるかもしれない。


こうしてリリとの買い物を終えた俺は、屋敷に戻ると、すぐにレレーナの元へ向かった。

目的はもちろん、爺さんに押し付けられた錆びついた長剣を見てもらうためだ。

「……レレーナ、もう一度聞くがこれはお宝か？　凄い価値のある剣だったりしないか？」

「しない」

彼女は剣とは程遠い錆の塊に顔を向けると、食い気味に即答した。

「だよな……」

「うん」

微かな期待を込めてレレーナに聞いてみたが、結果は案の定ただの錆びた剣だった。やっぱりなんの変哲もない錆の塊じゃん。

「ちなみに、お宝かどうかはどうやって分かるんだ？」

「前にも少しだけ話したと思うけど、お宝は感覚的に見える。でも、これは何も見えない。だから、今の私に分かるのはそれだけ」

レレーナは錆だらけの剣を触りながら答えた。

凄い能力だが、掌が汚れている事に気がついていないみたいなので、俺はいつも持ち歩いているお手拭きで彼女の掌を拭いてあげた。

よし、綺麗になった。

「そっか。じゃあ、これは俺が適当に処分しておくよ。悪いな、忙しい時に」

「ううん、大丈夫。フローラルが私を頼ってくれて嬉しい」

「おう。また何かあったらお願いするよ」

俺は一言告げて書斎を後にした。

なぜレレーナが書斎にいるのかというと、彼女には未だ父の書斎に眠る多数のお宝の鑑定を任せているからだ。

実は、ここに小さな隠し部屋があり、その中には所狭しとお宝が並べられている事が判明した。どれもこれも希少価値のある高価なものばかりだったので、実に悪質なへそくりである。

何をしてんだあのオヤジは。

このままダーヴィッツ家がここまで貧乏になったのは、あんたの責任だぞ。

まあ、そんな中でも一ついい事があるとすれば、レレーナが父の書斎を気に入ってそこに住み始めた事だろうか。

地下の部屋は少し手狭で不便だったので、広々としていてお宝も数多く眠る書斎はピッタリだったらしい。

とまあ、ぶつくさと心の中で考えながら、俺は庭に足を運んだ。

日の傾いた空が美しく、清い空気に心が洗われる気がした。

本当は誰かと話でもしたかったが、リリとメアリーはメイド業があり、レレーナは先の通りだ。

当然、セバスチャンも不在なので誰もいない。

「本当にただのゴミなんだな」

俺は鬱憤《うっぷん》を晴らすようにどかっと庭のベンチに座って、空を眺めた。

視界の隅《すみ》にはベンチに立てかけた錆の塊が見える。

「プレゼントするには……ちょっとな」

ライチのためにと剣を探したのだが、収穫がこれでは全く話にならない。

「はぁぁぁぁ……今度別の武器屋に行ってみるか」

俺はため息と同時にベンチの背もたれに全身を預けると、首をだらんと後方に倒す。

すると、背後から庭の草を踏みしめる心地よい音が聞こえてきた。

俺は首を可動域の限界まで反らして、逆さまの世界から背後を確認する。

すると、そこにはコソコソとこちらの様子を窺うライチの姿があった。

建物の陰からこちらを見ているようだ。

「んぁ？　ライチ、どうした？　俺に用事か？」

「あの……」

彼女は何か言いかけたが、すぐに口を閉じてこちらに近寄ってきた。

「ん？」

「それ、剣ですか？」

鉄仮面とはこの事だ。

無表情でクールな雰囲気を纏うライチは、イメージそのままの口調だった。

人によっては冷たい態度だと受け取られるだろう。

狐色の髪は綺麗に整えられているし、同じ色の瞳には当初のような絶望感はなさそうだ。

シンプルにこの錆の塊が気になっただけなのかもしれない。

「一応、剣……なのか？　レレーナに見せたら、お宝でもなんでもなかったが、形を見た感じ、おそらく元々は剣だったと思うぞ。錆だらけで汚いが、露店で買ったんだ」

良く言っても錆の塊、悪く言えばゴミにしか見えない。おまけに無駄に重量があり、持つだけで掌が茶色く汚れてしまう始末だ。

処分方法が分からないので、厄介にもほどがある。

「握ってみてもいいですか？」

「いいぞ」

姿勢を戻した俺は、近寄ってきたライチに剣を手渡した。初めて間近で獣人を見た。

耳と尻尾、髪の毛がふわふわしており、太陽の光に照らされると、美しい艶感がある。

この色と外見、彼女は狐の獣人だろうか？

長くツンとした耳と柔らかそうな尻尾が目立つ。

ついつい目で追ってしまう。

それにしても、なぜ彼女の事を欠損奴隷として安価で買えたのだろう。

リリやレレーナのように、外見上の欠損は全く見受けられないし、今も目の前で軽々と剣を振るっているが、身体的な違和感や不調があるようには見えない。

「どうだ？」

俺は思考しながらも彼女に尋ねる。

「……」

ライチはじっと剣を見つめたまま言葉を返してくれない。

あれ？　無視されてる？

いや、目を少しばかり見開いてるし、ほんの僅かに口角が上がっている……気がする。

これはもしや……？

「欲しいのか？」

「いえ……そういうわけでは……」

首を横に振ったが、自分の気持ちに嘘をついている事が一目で分かった。

背後に見え隠れするモフモフの尻尾が答えだ！

「尻尾、揺れてるぞ」

「あっ！　ご、ごめんなさい」

「ふふっ……欲しいなら素直に言えばいいのに」

未だ揺れ続ける尻尾を恥ずかしそうに押さえながら謝っているが、剣が欲しいという感情は見え見えである。

「……よろしいのですか？　まさか、これを餌にしてボクを好き勝手しようっていう魂胆ではないですか……？」

「いや、違うぞ」

俺は即答した。

「そうですか。受け取った瞬間に酷い扱いをされるとかでも……？」

「ないない。あげるから有効活用してくれると助かる」

俺はそのままライチに剣をプレゼントした。

というより、処分する手間が省けたので助かる。需要と供給がマッチした瞬間だ。

「んじゃ、俺は部屋に戻って飯でも食ってくる」

少しだが話が出来たので俺は満足していた。

それに、ちょうど腹も減った。

そんなウキウキを隠しつつベンチから立ち上がると、背後からライチが小さな声で呼び止めてくる。

「あの、一つだけお願いが……」

「ん？」

「……いえ、やはりなんでもありません」

少し間を空けた結果、ライチは伸ばしかけた手を引っ込めて肩をすぼめた。

少しだけ彼女の事が分かったような気がする。

クールで無表情なのはそうなんだが、本当の彼女はもっと別の一面があるように思える。

「なあ、ライチはもうこの屋敷の住人なんだから、遠慮なんてしなくていいんだぞ？　剣だって本当はずっと欲しかったんだろ？」

「っ……あの時の、聞こえていたんですか？」

「まあな。それで、お願いってなんだ？」

俺はライチが言いやすいように、子供に言い聞かせるような優しい口調で改めて聞いた。

すると、彼女は胸に手を当てて一つ深呼吸をして口を開く。

「ボクにも何かお手伝いをさせてくれませんか？　実はリリやレレーナに笑顔を取り戻させた貴方に興味があるんです。それに、この剣のお礼もしないといけませんし」

「うーん……今すぐには何も手伝ってもらう事はないが、その時が来たらまた声をかける。それでいいか？」

「はい！」

「じゃ、また声をかけるから、その時はよろしくな」

俺は相変わらず表情が硬いライチに別れを告げると、屋敷へと戻った。

よく分からないが少しだけ距離が縮まった気がする。

彼女は元冒険者だし、手伝ってもらうのはその関連が望ましいだろう。

セバスチャンとゴロンガが帰還したら人員が増えるので、彼女の出番は大いにありそうだ。

彼らの帰還が楽しみである。

ライチと初めてしっかりと話す事が出来た日の翌日。

「まだかなぁ」

待ちきれない俺は自室の窓から外を眺めていた。

現在は太陽が天辺に昇る真昼間。

ライチにお手伝いをしてもらうとは言ったが、本当に彼女に合った仕事があるだろうか。

俺が錆びついた剣をプレゼントしたあの時、彼女はどこか緊張した面持ちで〝何か手伝いがしたい〟と俺に言ってくれた。

この先何が起こるか分からないが、きっと彼女にしか出来ない事があるはずだ。

「ん？」

一人、物思いにふけっていると、遠方に無数の人影が見えた。

いや、人影というよりも、人の塊に近いだろうか。

敵襲と呼ぶには穏やかな雰囲気だったので、とりあえず近くにあった双眼鏡を手に取ってみる。

「……おお、先頭にいるのはセバスチャン、と……隣にいるあの大男は誰だ……？」

ゆっくりとこちらに近づいてくる集団の先頭には、上品な白髭が良く似合うセバスチャンと、筋《きん》骨隆々《こつりゅうりゅう》の大男が並んで歩いていた。

茶髪のオールバックに、シュッとした眉毛と男らしい鋭い瞳を持つ大男だ。

凛々《りり》しい顔つきで姿勢良く歩を進めている。

あんな人は俺の知り合いにいないはずだ。

飢えに苦しむ村の人々には到底見えない。

だが、どこかで見た覚えがあるような気がする。

凛々しい顔つきの奥に薄らと存在する面影。

あれは……まさか……？

「ゴロンガか？」

まじまじと見つめる事で、俺はようやく気づいた。

ゴロンガは細い体躯《たいく》をした中年のおじさんだったはずだ。

そんな彼が持つ独特の愛嬌と温和な雰囲気が、見知らぬ筋骨隆々の大男からも滲み出ていた。

セバスチャンも隣にいるし間違いない。

これは、とっとと出迎える準備をしないとな。

「ゴロンガが言っていた通り、結構な人数がいるな」

村人達は困惑した様子で、これまで苦境を強いられてきたのか表情は暗い。

健康状態も良くなさそうだし、到着したらまずは食事と治療からだな。

自分を奴隷だと思ってる人間の精神は、非常に繊細《せんさい》で脆いので、セバスチャンとライチに上手く動いてもらうとしよう。

きっと二人は今後の我が領地の土台作りに貢献してくれると思う。

おそらく、ライチは庭で例の錆びた剣を使って素振《すぶ》りでもしてるはずなので、遠方から徐々に近づく気配には気づいているだろう。

「さて、行くか」

俺は軽く身なりを整えて部屋を出た。

途中、廊下でメアリーとリリとすれ違ったので、食事の用意をお願いしておく。

顔合わせとしてレレーナも連れて行こうかと思ったが、書斎に向かったところ何やら作業に夢中になっていたので、声はかけなかった。

というわけで、俺とライチは屋敷の前の正門付近で、彼らの到着を待っていた。

「あの……ボクは確かにお手伝いをしたいと言いましたが、何か出来る事はあるのでしょうか……？」

顎に手を当てながら首を傾げるライチ。

単純に疑問を抱いているように見える。

「もちろん。今日はダーヴィッツ家の今後にも関わる大切な日になると思うから、しっかりと手伝ってもらうぞ」

「は、はぁ、分かりました」

返事とは裏腹にライチは何も分かっていないように見えたが、今は別にそれで構わない。

まだ到着までは少しだけ時間がありそうだし、ここらで軽く彼女への理解を深めよう。

「ライチは元冒険者と言ってたが、ランクはどのくらいだったんだ？」

「一応、上から二番目のAランクでしたが、強力な仲間とパーティを組んだ結果なので、単騎だとBランク上位程度が妥当かと思います。ちなみに前衛で得物は長剣でした」

スラスラと答える辺り、嘘ではなさそうだ。

ちなみにSランクを最上とする冒険者ランクは、個人につけられるものだが、実績はパーティでのものも加味されている事が多い。そのため、個人の本来の実力よりやや高く判断されてランクをつけられる者も多いようだ。

「指導経験は？」

「え？」

「他の冒険者を指導した事はあるか？　弟子がいたり、新人の冒険者に手解《てほど》きをしたり……一回きりの模擬戦《もぎせん》でもなんでもいい」

「模擬戦なら何度かありますが、ボクは手を抜きたくないタイプですし、少々やりすぎてしまう節があるので……あとは、その……察してください」

恥ずかしそうに顔を伏せて耳を垂らすライチ。

ビビって逃げられたんだな。確かに第一印象はかなりクールだし、初対面だと少し怖いのかもしれない。

「ちなみに、少しブランクはあると思うが、まだ戦闘は行えそうか？」

まるで召使を雇う時の面接のようだ。

何度か兄に連れられて、父が面接をしている様子を見学した事があるが、間髪容れずに質問をしながら、相手の本質を探っていたのを良く覚えている。

真似して実践してみたが、意外にもテンポよく会話が進むので話が早い。

「質問の答えはイエスです。多少腕は鈍ってますが戦闘面に問題はありません。ただ……以前持っていたような確かな自信はないです」

ライチは表情を曇らせ、悔しそうに唇を噛みしめた。

普段はゆらめく尻尾も、自信なさげに下に垂れており、それだけで彼女の心情をすぐに理解する事が出来る。

「どうして自信がないんだ？」

「……トラウマです。ボクは……ボクは、仲間を守れるほど強くないんですよ」

ライチは歯を食いしばり、強く拳を握りしめていた。

きっとこれまでに多くの辛い経験をしてきたのだろう。

「そうか。まあ、今日やってもらう事は重要だが作業的には大したものじゃない。ライチには、セバスチャンと一緒に彼らの適性を見て欲しい」

俺はトラウマについてはこの場で聞く事はせず、自然と話題を転換させた。

「……適性、ですか？」

「ああ。これから五十人くらいの働き手となる人員がダーヴィッツ家にやってくる。単なる村人である彼らの適性を見た上で、セバスチャン率いる農耕組と、ライチが率いる冒険者組に分かれてもらう。割合で言えば九対一……って感じかな」

もしかすると冒険者組に所属する人員の比率はもっと少ないかもしれないが。

「え？　その言い方だと、ボクは冒険者になるって事でしょうか？　もう少し詳しく——」

「——ん、ああ……話はまた今度だ。ほら、早速到着したみたいだしな？」

話をしているうちにセバスチャンとゴロンガを先頭に、数十人の集団が正門前に到着した。

ダーヴィッツ家の屋敷に住まわすには、数が多いが、これだけの数を受け入れられれば、我が家の再建への道のりは楽になる。

「おかえり。セバスチャン……と、ゴロンガだよな？」

「ただいま戻りました。フローラル様、遅くなり大変申し訳ありません。数も数でしたので購入に伴う手続き及び、長距離の移動に時間を要してしまいました」

恭しく頭を下げるセバスチャンは、背中から大きなリュックを下ろして息を吐いた。

出発時点ではそんな荷物は持っていなかったと思うが、何が入っているんだろうか。

「んだんだ。モンスターが出ない道を慎重に選んで通ったもんだから、少しばかり遠回りになっちまっただよ」

そんなセバスチャンに続くようにして言い、額の汗を拭うゴロンガ。

癖のある話し方で判別出来るが、見た目の変化が凄すぎて、口を閉ざせば別人のようだ。

俺は毒を治しはしたが、ここまで見た目に変化があるのはなぜだろう。

あの毒に見た目を変える効果なんてなかったはずだ……まぁいいか。

「まずは無事で何よりだ。それで……後ろの人達がそうか？」

「ええ、全ての村人へ簡潔に事情を説明し、一時的に奴隷に堕ちてもらい、すぐに買い占めました。適切な食事管理と休養を与え、フローラル様の治療を受けられれば、おそらく二、三日で働けるようになるかと思います」

ちらりと背後を一瞥しながら、セバスチャンは答える。

働ける、という言葉を聞いた村人達はピクリと肩を震わせていた。

詳細な事情を説明する暇はさすがになかったからか、やはり怯えているように見える。

「分かった。ところで、そのリュックには何が入っているんだ？」

早めに治療に取りかかりたいとも思ったのだが、まずは先ほどから気になっていたセバスチャンが持っていたリュックについて触れる事にした。

「これは、道中、ゴロンガがたまたま仕留めたモンスターから採取した部位の数々です。正直、私には価値など分からないので、無作為に集めたものになりますが」

セバスチャンは屈《かが》んでリュックを開けると、中から刺々《とげとげ》しい針のような〝何か〟や鳥の嘴《くちばし》みたいなもの、血のついた鉤爪《かぎづめ》などを取り出し、次々と地面に並べ始めた。

俺もセバスチャンの隣に屈んで一緒に見てみたが、目の前に並べられたソレがなんなのかはよく分からなかった。

「ふーん……たまたまね」

「ええ、彼らの村の真上を巨大な鳥が飛び回っており、怯えたゴロンガが適当に石を放り投げた結果、急所にクリーンヒットし絶命しました」

たまたまでそんな事が出来るんだろうか。ゴロンガはもしかすると戦闘のエキスパートなのかもしれないいな。

「へー、凄いなぁ。よく分からないが、結構レアなものなんだろ？」

「さあ、どうでしょうか？」

セバスチャンは執事としては超一流だが、あくまで執事なので、モンスターに関する知識はそれほどでもない。

「ライチは何か分かるか？」

背後に控えていたライチは、俺の問いを聞いて並べられたものを観察していくと、ギョッと驚いた顔で後退《あとずさ》った。

「――こ、これはジャイアントハーピーの鉤爪と嘴ですか⁉　戦闘中は地上に全く降りてくる事なく、弓矢や魔法すら届かない遥か天空から、巨石を落として攻撃してくる卑劣なモンスターなので討伐するのは相当難しいですよ！　おまけに忠誠心が強いので飼い慣らす事が出来れば敵なしとも言われてますっ！」

ライチは興奮した様子で捲し立てたが、言い終えた瞬間に我に返ると頭を下げた。

「……す、すみません。つい……」

「いや、構わない。色々と教えてくれてありがとう。これは俺の方で預からせてもらうよ」

俺は鉤爪や嘴をリュックの中に収納し直した。

ジャイアントハーピーについては後で文献を調べてみるか。

「じゃあ、話はこれくらいにして始めようか。セバスチャン、まずは皆を縦に整列させてくれ。簡単なカウンセリングと治療を行う。それが済んだら、順番に屋敷の中に案内して食事を取らせる。いいな？」

「御意。では、ゴロンガ。皆さんへの指示をお願いしても？」

「了解だべ！　さあ、皆一列に並ぶだ！　ちびっ子と女子《おなご》を優先して、むさ苦しい男どもは最後で決まりだベッ！　あっ、病気があるとか怪我をしてるのなら話は別だべよー！」

俺の命令を受けたセバスチャンが、その全てを隣にいたゴロンガに任せると、ゴロンガは馬鹿でかい声を響き渡らせた。

彼の言葉を聞いた村人達は、すぐに列を作り始める。

ゴロンガの声がめちゃくちゃ大きい。

というか、元気すぎる。

体格の良さとその快活な性格は、冒険者に向いているかもしれない。

「ゴロンガは戦闘経験とかあるのか？」

ジャイアントハーピーの件もあるので、俺はゴロンガに聞いてみた。

「戦闘だなんて滅相《めっそう》もない！　オイラはセバスさんのもとで静かに農耕に勤しむつもりだべ……小心者のオイラには、戦う事なんて出来ないだよ‼」

「そ、そうか」

試しに聞いてみたが、ビクビクと全身を震わせているので、本当に気弱な性格らしい。

凛々しい顔つきと巨躯は、見かけだけのようだ。

有望な冒険者候補かと思ったが、彼は戦闘向きの性格じゃないんだな。

ライチも首を小さく横に振ってるし、ゴロンガを誘うのは諦めるとしよう。

どうやらモンスターを仕留めた事については、本当にたまたまだったようだ。

「んじゃあ、並び終えたところで、あとはお願いするだ」

やがて、村人の整列を確認したゴロンガは軽くお辞儀をしてから下がった。セバスチャンのやや後ろで待機しており、彼に忠誠心を持っている事が分かる。

長旅を通して仲を深めたらしい。

俺は列の一番前にいた小さな女の子に視線を向けた。

「お嬢ちゃん、こっちにおいで。体の具合を診てあげよう」

視線を合わせて微笑みかけると、女の子は怯えた様子で近寄ってきた。

「おにいちゃんたちはわるいひと？」

「んー、良い人でありたいと思ってるけど、実際はどうかな？　でも、酷い事をするつもりはないよ」

優しく声をかけながら頭を撫でた。

同時に回復魔法を発動させて、瞬間的に女の子の全身の小さな傷を癒す。

「ほんと……？」

魔法に気がついていないのか、女の子が不安そうに聞いてきたので、俺は微笑みかけて頷いた。

「その証拠に、ほら……傷が治ったでしょ？」

「え……？　わ、わぁぁぁ!!　すごい！　すごい！　どうやってやったの!?」

女の子は自身の体をペタペタ触りながら、嬉しそうにはしゃいだ。

「魔法だよ。お腹が空いてるだろう、お屋敷の中でご飯をたくさん食べておいで。ふかふかのベッドもあるからゆっくり休むといい」

「うんっ！　ありがとう、おにいちゃん！」

再び優しい声で語りかけると、女の子は花が咲いたような笑みを浮かべて、走り去っていった。

良い人だという印象を持ってもらえるようにとかなり意識して接したつもりだが、思っていた以上に上手くいったな。

「さて、ライチ」

子供の背を見送った俺は、近くに立つライチに声をかけた。

「は、はい？」

「今みたいな感じで、俺がこれから彼らの治療をしていくから、君は冒険者としての適性があるか判断して欲しい」

「単純な判断基準でいいですか？　筋肉のつき方とか、魔力の保有量とか、種族とか……ボク的には仲間も同じ獣人の方がやりやすいです」

ライチは自分の指を折りながらいくつかの判断基準を上げてくれたが、素人《しろうと》の俺には何を見れば良いかさっぱり分からない。

Bランク上位相当の実力を持つという彼女に任せる事にしよう。

「構わない。頼めるか？」

「分かりました。やってみます」

俺が聞くと彼女は頷いた。どこか自信がなさそうだが、そのうち慣れるだろう。

さて、話も済んだ事だし、この調子で続けていこう。

それから数時間後。俺は村人全員の治療を終えていた。

今はスライムのように溶け切った体勢になりながら、ソファの上でくたばっている。寛いでいるんじゃない。完全にくたばっている。

俺は斜め後ろに控えるセバスチャンの事など気にせず、だらしなさを全開にして呟いた。

「疲れたなぁ……」

「フローラル様、お疲れ様です。マッサージでもいたしましょうか？」

「セバスチャンも疲れてるだろうし、気を遣わないでソファに座ったらどうだ？」

「……では、お言葉に甘えて」

セバスチャンは普段であれば執事としての役割を優先していただろうが、珍しく俺の前でソファに腰かけた。ここ数週間は他の領地で気の抜けない生活を続けていたためか、俺と同じくそれなりに疲弊しているように見える。

ここは俺の自室で、別に気を張り詰めるような場所でもないから、自由に過ごして欲しい。

「それで、適性を見た結果はどうだった？　俺の方はカウンセリングと治療で手一杯で、それどころじゃなくてな……」

少し体勢を直して、目の前のセバスチャンに目を向ける。

村人全員の相手をするのはやはり骨が折れた。

魔力とかじゃなくて精神面が疲れた。

中には貴族を毛嫌いしたり、俺への嫌悪感を剥《む》き出《だ》しにしたりする人もいたので、普通に会話をするだけでも大変だった。

「ライチの協力もあり、適性の確認と選別は既に済んでおります。冒険者適性がありそうな者は若い男女約五十名のうち五名ほどいたのですが、そのうち彼女が選んだのは三名でした。そして三名とも彼女と同じ獣人です」

「あの三人か。まあ、人間と組むよりやりやすいんだったら別に問題ないか。ライチは今何をしてるんだ？」

俺はカウンセリングと治療を思い出しながら言った。

全員の顔と名前を覚えているわけではなかったが、獣人は三人しかいなかったのは確かだ。

それにしても、肝心のそれぞれの適性を見分けてくれた功労者であるライチがいない。彼女には、作業が終わって少し休憩したら俺の部屋に顔を出してくれと伝えていたんだが……どこに行ったのだろうか。

「フローラル様の目的を理解出来たらしく、庭で鍛錬に励んでおります。まあ、たった三名とはいえ、戦闘の資質があり、冒険者になりうる部下が出来るわけですから、気合が入るのも当然です」

「そうかそうか」

ライチはリリやレレーナに比べると外傷も全くないように見えるが、欠損奴隷となっていたわけだし、おそらく胸の内には様々な思いを抱えているだろう。

俺が村人達への治療を進めるうちに、彼女は俺の思惑に徐々に気がついたのか、最終的には誰よりも熱心に村人達の話に耳を傾けていた。

気難しい性格かと最初は思っていたが、本当の彼女はそんなタイプじゃないらしい。

まあ、例のトラウマとやらが少し気になるが、モンスターも出現しない安全地帯で鍛錬する分には問題ないだろう。

「それより……本当に良かったのですか？」

「ん？　何が？」

思惑が成功しそうだと喜んでいると、セバスチャンが申し訳なさそうに口を開いた。

自慢の白い髭をいじりながらこちらを見ている。

「いえ、その……私のためにあそこまで人員を割いていただけるなんて、なんとお礼を申し上げたら良いか」

こちらの様子を窺うような口ぶりだった。

なんの事かと思ったが、セバスチャンのための人員といえば一つしかなかった。

「メアリーから聞いたが、のんびり畑の世話をする暮らしがずっと夢だったんだろ？　裏の荒地はいつか俺も手を入れようとしていたし、セバスチャンがやる気なら、ちょうどいいと思っていたんだ。だから、気にしないでやりたいようにやってくれ」

「ありがとうございます！　ダーヴィッツ家に仕えて良かったと心から思っております。この身を捧げて、感謝の念を絶やさず生きていきます」

セバスチャンはどこか誇らしそうな表情で胸に手を当てて言った。

いや、それは大袈裟《おおげさ》な気がするけど……セバスチャンが良いなら別にいいか。

メアリーもそうだが、二人は長年仕えているからか、忠誠心が強い。まあ、ありがたい事だし気にするような事ではないだろう。

「四十人以上の人材をまとめるのは大変だろうけど、無理せず適度に頑張ってくれ」

「御意。感謝します。彼らの教育はお任せください。では、私は彼らの元へ向かいますので、失礼させていただきます」

セバスチャンはソファから立ち上がって、深く礼をした。

そして、緩んだ頬を隠す事なく部屋から出ていった。

教育という言葉の意図は不明だが、彼に任せて失敗した事は今のところないので問題ない。

それにしても、顔つきが随分と柔らかくなったな。

執事長として、父と兄の世話をしながらも、他の執事やメイドにも気を配っていた頃なんて、もっと気難しい顔つきだったと思う。

今の環境に満足しているのなら、主として、俺も嬉しい限りだ。

「さて、寝るか」

セバスチャンがいなくなり自室に一人になった事で、俺はより一層気を抜いてベッドにダイブした。

明日から何をするかは特に決まっていない。

村人達の処遇《しょぐう》はセバスチャンとライチに任せてあるので、俺がやる事はこれといってないのだ。

父が生きていれば、周りの貴族との交易《こうえき》などで財を成す術もあるのだろうが、無名な三男が出来る事は何もない。

交友関係はゼロである。

だから、今日はとりあえず寝る事にした。

俺は何も考えずに目を閉じると、あっという間に眠りの世界へと落ちていくのだった。

第四章　ライチの心傷

セバスチャンとライチの協力があり、ゴロンガの村の人達が増えて、平穏な日常が続いていたある日の事。

昼食を持ってくるついでに、リリから一通の手紙を手渡された。

「なんだこれ？」

それはダーヴィッツ家宛の封書だった。

差出人はどこかで聞き覚えのある名前だったが、ピンとこない。

「ミストレード侯爵って誰だっけ？」

俺は封を切り便箋を広げた。父の知り合いだろうか。

『金無し貴族のダーヴィッツくん　近々、吾輩が主催するパーティに其方《そなた》を招待する。豪華絢爛《ごうかけんらん》で、名だたる貴族が出席する大々的な催《もよお》しとなる。くれぐれも見すぼらしい格好で来る事のないように。加えて、幾つか確認したい事もある故、必ず顔を出したまえ。心当たりがあるなら尚更だ　ジョウジ・ミストレード』

じっくりと目を通してみたが、やっぱり分からない。

誰だ。ジョウジ・ミストレードって。

妙に嫌味たらしくて、ダーヴィッツ家を馬鹿にするような文面だな。

「ご主人様ってそういうパーティに出席した事あるの？」

リリは俺が持つ手紙を覗き込みながら聞いてきた。いささか距離が近いので、無意識に心臓が跳ねる。

「……いや、ないな。俺は三男だし、外交的なやつは父上が全部担ってたからな」

「ふーん。それにしても侯爵様が主催するパーティなんて、凄い豪勢なんだろうなぁ」

「……まあ、だろうな」

俺は手紙を二つに破いてゴミ箱に捨てた。

「え⁉　なんで破くの⁉」

リリは驚愕した様子で口を開いた。

ゴミ箱に捨てられた手紙と俺の顔を交互に見ている。ブンブンと揺れる綺麗な赤い髪が顔にペチペチ当たってこそばゆい。

「ん？　行かないなら必要ないだろ？　返事用の紙も入ってなかった。向こうは用事あるみたいだけど、俺には全く心当たりなんてないしな」

貴族からの誘いは、今後の付き合いなどもあるので、基本的に断る事はしないつもりだ。

しかし、今の俺達に、そんな大々的な催しに出席出来るほどの余裕はないので、ここで顔を出すのは場違いというものだ。

必ず出席しろとのお達しだったが、強制される謂《いわ》れもないので欠席させてもらう。

というわけで、そのパーティは名だたる貴族様とやらだけで楽しむといい。

「えー、もったいないわよ。せっかく美味しいものがたくさん食べられるチャンスなのにー」

「俺にもやる事があるんだよ。この前、他の領地から村人達を招いただろ？　そいつらの様子を確認しなきゃいけないしな」

ぶーぶー文句を垂れるリリを宥《なだ》めるように俺は言った。

「確か、それって全部セバスさんとライチに任せてるんじゃなかった？」

「まあ、そうなんだけど、一応俺は彼らの主だしな。あれから十日くらい経ったけど、一度も見に行けてないから、どんな感じなのか気になるんだよ」

ゴロンガをリーダーとした村人達の管理は全てセバスチャンとライチに任せているのだが、やはりどういった待遇で何をやらせているのかを確認しておく必要がある。

まあ、セバスチャンは言わずもがな、ライチは俺よりも大人の女性なので大丈夫だと思うが……念のためだ。

「そういえば、ゴロンガさん達ってば、三日目くらいまではお屋敷で暮らしてたんだけど、気がついたらいなくなっていたのよね……一体どこで暮らしてるのかしら……？」

リリは顎に手を当てて考え込むように言った。

「確かに……セバスチャンもゴロンガもライチも村人達も、誰もいないな。昼間はそれぞれ農耕組は裏の農地、冒険者組は庭にいるはずだが、夜になっても屋敷にいないとなると……他に住める場所なんてないぞ？」

窓から裏の農地を見る事はあるが、あそこには人が暮らせる建物なんて立ってなかったし、あるとしても農具を収納出来る小屋くらいなものだ。

となると……彼らはどこに行ったのだろうか。

「ちょっと裏の農地に行ってみるか」

別に急ぐ事もないのだが、俺は昼食をかき込む。

口の中のものをしっかりと飲み込み、俺は一つ息を吐いてソファから立ち上がった。

「私も行っていい？」

リリはニコリと微笑みながら首を傾げた。

「もちろん」

俺は即答した。

断る理由はない。

農耕組については、セバスチャンに聞けば全て分かるはずなので、とりあえず彼を捜すとしよう。

冒険者組は少数精鋭で、ライチを入れて四名しかいないため、基本的には庭で鍛錬しているはずだ。

そちらは後で見る事にする。

とにかく裏の農地に向かってみるか。


こうして俺とリリは裏の農地に足を運んだのだが、そこには、衝撃的な光景が広がっていた。

「おらぁぁ！　張り切っていくだよ！　全てはフローラル様のために！　全てはフローラル様のために！　全てはフローラル様のために！　感謝の気持ちを胸に！　この身を投じてお示しするだよッ！　軟弱なオイラ達に手を差し伸べ、命を救ってくださった大恩人は誰だぁぁっ!?」

「「「フローラル様ぁぁぁーーー!!」」」

「「「えいさっさぁ!!　ほいさっさぁ!!」」」

五メートルくらいの高台の上に立つゴロンガが、馬鹿でかい叫び声を上げると、それに呼応し何十人もの男達が鍬《くわ》を振り下ろす。

そんな光景に目を奪われたのも束の間。

四角い形をした農地の真ん中に、杖を持った女性達が立っているのに気づいた。彼女らは一つ深呼吸をしてから杖を天に掲げた。

「「「土の精霊よ！　我が土壌《どじょう》に素晴らしき力と清らかな心を宿したまえ！　【作物栄養促進《グランドグロース》】ッ！」」」

聞き覚えのない魔法が唱えられると、鍬で耕された農地からはニョキニョキと不自然に大量の野菜が生えてきた。

人参、ジャガイモ、キャベツ、キュウリ……と、色とりどりで種類も豊富だ。

「ままぁ！　にんじんとれた！」

「ジャガイモもあるよ！」

「タネまくよ～」

「みずもそそぐね～」

「みんな！　おねがいね！」

やがて、元気な子供達がどこからともなく現れると、皆で大きなカゴに野菜を詰めていく。

回収を終えたら、農地全体にタネをまき、ジョウロで水を注ぎ、鍬を持つ若い男達に手を振り合図を送る。

「「あいよぉ!!」」

子供達の合図に彼らは再び鍬を振り下ろす。

そんな異様な光景を少し遠くで見ていた俺は、隣にいるリリと共に驚き固まっていた。

「……なんだこれ」

「あの人達って本当にあの時の村人よね……？　こうも元気になるものなの？」

リリの問いに俺は答えられなかった。

疑問が多すぎる。何もかも不明だ。

「はぁぁ……え？」

俺は思わず目を逸らし、ため息を吐いたのだが、目を逸らした先にはまた別の光景が広がっていた。

「「「むんぅっ！　我が土魔法に一片の迷いなし!!　土の精霊よ、我ら土《つち》の民《たみ》に力を貸したまえ!!」」」

こちらは、知的そうだが、どこか頼りない風貌《ふうぼう》の爺さんと婆さん達が、杖を構えて魔法を唱えていた。

爺さん、婆さんが魔法を唱え、子供が育った作物を収穫し、新たなタネを植えて水を撒く。若い男達が鍬で土を耕す。この繰り返しだ。

「何あれ!?」

何かに気がついたリリが驚きの声を上げる。平らな地面はメキメキと音を立て始めると、ゆっくりと高さ十メートル超の何かの形を造っていき、やがて土の動きが止まる。

そして……そこには〝土の家〟が建っていた。

その間、僅か十秒足らず。

「……なんだこれ」

俺は異様な光景に目を疑った。

ちょっと前までは、セバスチャンが一生懸命、たった一人で耕していた荒れ地だったはずだ。

それが、どうしてこうなった。

というか、その魔法はなんだ。

植物の成長を促進させたり、土から家を作ったりする魔法なんて聞いた事ないぞ。

「ご主人様、私、実はメアリーさんとこの人数の食料をどうするかについて考えてたんだけど、これならなんとかなりそうだね。それに……なんか凄いね」

「だな。これで食料については解決……いやいや、そんな事より……おい！　ゴロンガ！　セバスチャンはどこだ！」

魔法一つで湧き出てくる大量の野菜、そして土の家を一瞬で作り上げる謎の魔法について気になった俺は、全てを知っているはずのセバスチャンを捜すため、ゴロンガに声をかけた。

男達の叫び声に負けないように腹から声を出す。

「フ、フローラルの旦那とリリ嬢!!　久しぶりに会えてオイラ嬉しいだよ！」

ゴロンガは高台から下りてこちらに駆け寄ってくると、ニコニコと笑いながら俺とリリの手を交互に握ってきた。

「お、おう。だ、旦那？」

「リリ嬢って……」

思わぬ慣れない呼び方に、俺とリリは二人揃って動揺した。

タンクトップに丈の短いハーフパンツを合わせており、ムキムキの体をこれでもかと見せつけている。

前もガタイは良いように見えたけど、更に良くなったみたいだ。

顔も前以上に勇ましくなっている。

「何か？」

「い、いや、なんでもない。それで、セバスチャンは？」

呼び方については今はどうでもいいので、俺はセバスチャンの事をゴロンガに尋ねる。

「あー、セバスさんなら地下にいるだよ！」

「地下？」

当たり前のように答えるゴロンガの言葉に、俺は反射的に聞き返していた。

「入り口はそこだべっ！」

俺が困惑していると、ゴロンガは農地の端にポツンと立っている小屋を指差した。

あの小屋は、いつだか忘れたが、セバスチャンがひっそりと建てたものだ。

「ご主人様、外に地下なんてあるの？」

「地下は屋敷の中のあそこだけだ。他にはない……はずなんだが」

リリの問いに俺はすぐに答える。

地下は最初に彼女達を案内した屋敷の一室だけだ。

あの小屋も、実際に中を見たわけではないが、大きさ的に農具を収納する小屋だと思っていたが……

こんなところに地下があるとは到底思えない。

俺は疑いながらも扉を開ける。

「……階段？」

するとそこには農具も収納スペースも何もなく、ただ下へと続く階段があった。

壁には魔道具の灯りがつけられており、かなり明るい。

「何これ！　凄い！」

「お、おい！　危ないから走るな！」

俺は駆け出したリリを追いかけて、走りながら階段を下っていく。

そしてしばらく下っていくと、開けた空間が見えてきた。そこは真白い光で照らされており、広々とした円形のホールになっていた。

「何ここ⁉」

リリは目をキラキラ光らせながら辺りを眺めていた。

かくいう俺は思わず言葉を失っていた。

まさか……セバスチャンがこの地下施設を作ったのか？

見た感じ、この先にも色々な部屋があるのか、何個も通路が見える。

圧倒されて俺とリリがホールの中心で立ち尽くしていると、前方の扉が開かれてセバスチャンが現れた。

ちょうどいいところに来た。口をあんぐりと開けているところ悪いが、知っている事を洗いざらい話してもらうからな。

「フ、フローラル様!?　ど、どどど、どうしてここに!?」

彼は心底慌てている。らしくない様子だが、だからこそ何か隠し事をしているのは間違いない。

服装だって、いつものタキシードではなく、泥汚れのついた緑がかったラフなツナギを着ている。

「おい、セバスチャン。これは一体なんなんだ？　お前が作ったのか？」

「……」

「とても一年や二年で作れる規模じゃないが、いつからだ？」

俺は申し訳なさそうに沈黙するセバスチャンに向かって、尋問するような少し強い言い方をした。

「先代の頃から、コツコツと作っておりました」

俺が詰め寄ると、セバスチャンは観念した様子でボソリと口を開く。

「……一人で？」

「はい」

「すげぇな」

こんなものを一人で作るなんて、並大抵じゃない。

セバスチャンが父上に仕え始めたのは、俺が生まれるよりもずっと前だ。年数で言えば二十から三十年前だろう。

「黙っていて申し訳ありません！　先代やご子息にバレては、私の首が飛びかねないと思いまして、これまで言えずにいました……どうか、勝手をお許しください」

セバスチャンはそれはもう深く、勢い良く頭を下げると、反省の色で満ちた声で言葉を紡いだ。

「農耕だけじゃなくて、こういう建築とかも好きなのか？」

俺は頭を下げるセバスチャンに問うた。

「は、はい……十数年前のある晩、雑草を刈っていた時、我慢出来ずに裏の農地に小屋を建てたら、止まらなくなってしまいまして……こんな感じになりました。同時に農耕作業も進めていましたが、そちらは私の手では上手くいかなかったので、着手し始めたのはごく最近になります。地上で彼らがアレを始めたのは本日からです」

「はぁぁぁぁ……」

俺は反射的に大きなため息を漏らした。すると、セバスチャンはぴくりと肩を震わせて、瞳を薄らと濡らしていた。

彼は小動物のように縮こまりながらも、とんでもない事を言っている。

こんな感じになりました！　で、造れるようなものじゃないぞ。

でも、まあ、確かに父上が健在だった時に、こんな勝手な事をしていたら首が飛んでいたと思うが、俺からすれば全く問題はない。

「好きにしろ」

俺は視線を落とすセバスチャンに言った。

「え？」

彼は目を丸くしながら、きょとんとしていた。

「別に俺は気にしないから大丈夫だ。あれだろ？　農耕組もここに住んでるって事だろ？」

「は、はい。いつかは私の口から言うので、今だけフローラル様には内緒にするようにと口止めをした上で、地下で暮らさせております」

そんな口止めなど意味なく、ゴロンガはなんの躊躇《ためら》いもなく教えてくれたけどね。それは言わないでおこう。

「なら、話は終わりだ。宝の持ち腐れになっていた広大な土地を有効活用したんだ。別に怒るような事でもないだろ？」

「あ、ありがとうございます……っ！　フローラル様の優しさと器の大きさには、どれだけ感謝しても足りません……」

セバスチャンは再び頭を下げた。

彼にしては珍しく感情を露わにしており、隣にいるリリも少し驚いていた。

そんな彼女も気になる事があるのか、ぴょこっと俺とセバスチャンの間に割って入り、小さく右手を挙げて質問をした。

「私からもいい？　セバスさん」

「ええ、どうぞ」

「どうやったらあんな事が出来るようになるの？　見た事も聞いた事もない魔法とか使ってたわよね？」

「ああ、それは俺も気になった。どうなんだ？　お前が何か教えたのか？」

ゴロンガを筆頭に、全員から異様なまで力強さを感じた。

謎の掛け声もそうだが、あの妙な一体感と統率もなんなのだろうか。

「私も知らなかったのですが、彼らは絶滅したとされていた、土魔法に精通した特殊な種族なんです。彼らが持っていた古い文献には、土の民と記されておりました」

「土魔法？　土の民？　なんだそれ。リリは知ってるか？」

「知らないわよ。だって、一般的な魔法って確か、火、水、風、光、闇……の五属性だったわよね。加えて特殊魔法として回復魔法と付与魔法……だっけ？」

俺の問いにリリは指を折りながら一つずつ丁寧に答えてくれた。

一般的な魔法とされる五属性に該当せず、尚且つ回復魔法や付与魔法でもない。土魔法なんて聞いた事がないのだ。

「土魔法は、おそらく彼らにしか扱えない特別な魔法なのです。広大な範囲に影響を及ぼすその絶大な力、そして実用性の高さは、他の魔法では太刀打ち出来ません。それ故に、あまりにも強かった古の土の民は、当時の貴族に厳しく迫害されたそうです」

「そうだったのか……でも、そんなに強いなら、迫害されても抗えたんじゃないか？　土さえあればなんでも出来るような魔法なら、簡単な事だろ？」

俺は納得しつつもセバスチャンに気になった事を聞いた。

迫害されたとしても、それに抗えるほどの力を持っていたはずだ。

あんな規模の魔法を扱えるのなら、権力だけを持った貴族などあしらえそうなものだ。

「それが、土の民の弱点として、強いストレスを感じると魔法が一切使えなくなる、というものがあるそうです。その弱点ゆえに、迫害がストレスになった土の民は衰退し、人々の記憶から忘れ去られる事になりました。今の彼らはストレスのない伸び伸びとした暮らしのおかげで、ああやって土魔法を操れるようになったというわけです」

セバスチャンはしみじみとした顔で教えてくれた。

つまり、失っていた力を取り戻したという事か。

確かに以前の追い込まれた暮らしに比べれば、この領地は何倍もマシなのだろう。

「ふーん……ゴロンガ達ってめちゃくちゃ凄いんだな」

ゆっくりと分かりやすく解説してくれるセバスチャンの言葉に、俺は腕を組み何度も頷いた。

ゴロンガに出会ったのも、彼らが土の民だったのも、ただの偶然に過ぎない。俺は相当に運が良いらしい。

「あっ、ゴロンガはまた別です。理由は不明ですが、彼は生まれつき土の民の中でも唯一魔法が使えないので、代わりに声の大きさとカリスマを獲得しています。人を鼓舞する力や指導力、類稀《たぐいまれ》なリーダーシップもあるので、現在はまとめ役として必要不可欠な存在です」

「あ、そうなのね……」

土の民なのに土魔法を使えないとは、少しだけ可哀想なゴロンガ。

ただ、セバスチャン曰く、他の土の民が持たない彼特有の力は凄く役に立っているらしいので、これからも皆を率いて頑張って欲しい。

あの異様な統率はゴロンガが原因だったわけだ。

これで疑問が解決した。

「ちなみに、冒険者組はどこにいるんだ？　久しぶりにライチに会っておきたいんだが……」

話を変えた俺はセバスチャンに聞いた。

おそらく庭にでもいるのだろうが、こんな地下があるくらいだから一応確認しておく。

「彼女ならご自身の部屋にいるのでは？」

「え？　鍛錬とかはしていないのか？」

「本日は見ておりませんね」

セバスチャンは、そういえば……と言いながら顎に手を当てた。

「ライチの部屋を教えてくれ」

本日は見てないという事は、昨日までは鍛錬に励んでいたという事だ。

屋敷やその周辺で見かけないという事は、きっとこの地下で暮らしているのだろう。

「左手側の扉を進んで正面にございます」

「ありがとう。それと、リリは……しばらく見学させてやってもいいか？　楽しんでるみたいだし」

「ええ、喜んで」

彼女も連れて行こうと思ったのだが、キョロキョロ首を振りながら、辺りが気になっているみたいなので、セバスチャンに任せて一人で向かう事にした。

地下には階段を下りてすぐに広い空間があり、アリの巣のようにそこからいくつかの通路が伸び、様々な部屋が用意されているらしい。

「ここか」

セバスチャンに言われた通りに道を進んでいくと、〝ライチ〟と書かれた札がかけられた扉の前に辿り着いた。

俺は迷う事なくノックするが、室内からは物音一つ聞こえない。

「ライチー？」

俺は尚も扉を叩きながら声をかけた。

しかし、相変わらず返事はない。

どうしたのだろうか。

困ったな。

鍵もかけられちゃってるし、ここは無理やりにでもドアを開けて中に入ってみるか。

万が一の事があったら大変だからな。

「このタイプなら開けられそうだ」

俺は膝を曲げて鍵穴を覗き込んだ。

すると、背後から冷たい声色で声をかけられる。

「――何かご用ですか?」

振り向くと、そこには獣人の女性がいた。黒髪ロングが特徴的で、そのツンとした目と喋り口調から、どこか強気な印象を受ける犬の獣人だった。

「君は……?」

「ライチさんなら出てこないっすよ」

「なんでだ?」

「分からないっす」

「はぁ?」

真顔で受け答えをする彼女の言葉に、俺は思わず声が漏れた。

「……ところで、お兄さんは誰っすか？」

グッと距離を詰めて鼻をすんすんと鳴らすと、探りを入れるような聞き方をしてきた。背後に見える尻尾がピンと立っている。

これは明らかに怪しまれてるな。

カウンセリングと治療を施したあの日に顔合わせはしているのだが、向こうは俺の事を忘れているようだ。

かくいう俺も彼女の名前を忘れてしまった。

だが、獣人という事は、冒険者組の一人で間違いない。

適当に自己紹介を済ませて、ライチの事を聞き出すとしよう。

「俺は――」

「――ワンダ。こんなところで何をしてるんだ。そろそろ鍛錬の時間だぞ？」

俺が名乗ろうとした瞬間。

またも背後から現れた別の獣人に言葉を遮られる。

次は男だ。背が非常に高く、見下ろすようにしてこちらに目を向ける。ひとまず巨漢の獣人と呼ぶことにしよう。

その背後にはまた別の男。こちらは口元にバンダナを巻いており、口を開かず斜め下を見ている。

さながら暗殺者のようである。

二人とも獣人な事に加えて、特徴的なルックスだ。

「待って欲しいっす。ライチさんの部屋の前に怪しい人がいるんすよ。一度も地下で見かけた事がないから、多分屋敷の人っす！」

「屋敷の？　って……お、おい！　お前は何をとち狂った事言ってやがんだ！　よく見ろ、フローラル様じゃねぇかよ！」

巨漢の獣人は俺の顔をじっくりと見ると、表情に焦りを滲ませた。

背後に立つ無口の獣人も目を見開いている。

そして、二人揃って黒髪ロングの犬の獣人、ワンダの頭をベシベシと叩いた。

「ふろーらる……？」

「領主様だよ。この領地を治めるダーヴィッツ家の！　初日にお前の千切れかけた尻尾を治療してくれたじゃねぇか！」

巨漢の獣人の言葉で記憶の奥底にある何かを思い出したのか、ワンダは急に青ざめた顔になり全身を震わせる。

「あぁっ!!　ご、ごめんなさい！　あたしってば、あの時は警戒しすぎていて全然記憶になくて、ずぅーっと地下にいたから顔も思い出せなくて……この身を差し出すので、どうか皆の命だけは助けてくださいっす!!」

ワンダはしきりに何度も頭を下げると、最終的には膝をつき土下座をした。

ゴロンガといいこいつといい、村には土下座を教える文化でもあんのか？

「いや、そこまでしなくていいから」

あまりの大袈裟な挙動に困った俺は、少しだけ後退りをして答えた。

「で、でも、あたしは命の恩人であるフローラル様に大変なご無礼を働いてしまったっす‼」

「フローラル様！　どうか今回だけは見逃してください！　こいつも反省してるので！」

三人揃って綺麗な土下座をしてやがる。

俺の事を悪名高いバケモノだとでも勘違いしているのだろうか。

関わりがなかったので無理もないが、やはりこうして怯えられると貴族なんてやめたくなる。

「はぁぁぁ……あのなぁ、お前達が貴族や領主にどんな嫌な事をされてきたのかは分からないが、そういうへりくだった態度は俺には必要ないからな。全員がありのままの姿で過ごせるのが一番だ」

俺は土下座をする三人と距離を縮めるためにしゃがみ込むと、呆れながらも柔らかい声を作ってそう告げた。

すると、三人は感動した表情で、ほろりと涙を流した。

「う、ううう……あたしの事を許してくれるっすか？」

「頼むから泣かないでくれ。俺はライチについて話を聞きたいだけなんだよ」

俺は顔を上げたワンダの頭をぽんぽんと軽く撫でた。

ふむ……なんの気なしに触れてしまったが、やはり毛の質感が人間とは違う。柔らかいし、ふわふわしていて気持ちが良い。

「……あ……」

「大丈夫か？」

なぜか困惑しているワンダに聞いた。

いきなり触れるのはまずかったか？

「……えーっと、知らないかもなので教えるっすけど、獣人の頭や耳、尻尾を触るというのは親愛の証になるんすよ……？」

ワンダは耳をしきりに動かしながら、上目遣いでこちらを見てきた。

どこか頬が紅潮《こうちょう》しており、怒っているようにも見える。

親愛の証というのは知らなかった。無知だったとはいえ不快な思いをさせてしまったのかもしれない。

「……すまない。知らなかった」

俺は軽く頭を下げた。

その行動にワンダ達三人は驚いていたが、すぐに首を横に振って口を開く。

「い、いえいえ！　その……お母さんとお父さんに撫でられた時の事を思い出したので、あたし的には大丈夫っすよ！　でも、他の獣人の女の子にやったらアウトですから、気をつけた方がいいっす。特にライチさんなんかにやったら命がないっす……！」

「分かった」

これで獣人との付き合い方を一つ覚える事が出来た。ライチがこういうのに厳しいというのも分かった。外見上、鉄仮面でクールだから、やっぱりそういうのを嫌うのかもしれない。

「それで、その……ライチさんについてっすよね……？」

ワンダはゆっくりと立ち上がると、隣にいた巨漢の獣人と目を合わせて言葉を発した。

「ああ。教えてくれるか？」

「実は、あたし達もよく分からないっす。昨日までは、ずっと皆で鍛錬をしてたっすが、今日になって急に来なくなっちゃったんすよね」

ワンダの言葉に背後の二人も頷く。

「急に来なくなった？　何か詳しい事は知らないか？　思い当たる原因とか、なんでもいいんだ」

「あ……関係あるか分からないんすけど、鍛錬している時に、今度は皆で冒険に行ってモンスターと戦いたいって話をしてたら、具合が悪くなってしまったみたいで……それから部屋に篭りっぱなしっす……」

責任を感じているのか、落ち込む様子のワンダ。彼女の人の良さが分かる。

「……」

俺は考えた。

もしかしたら、ライチが言っていた過去のトラウマが関係しているかもしれない。

元冒険者で、外見的な損傷は全くないのに、なぜ欠損奴隷なのかと思ったが、それは精神的なところに原因があるからかもしれない。

「何か分かるっすか？　あたし達ライチさんの事何も知らないから……」

「いや、俺にもまだ分からない。それより、冒険者組に選抜されたのは獣人だけで間違いないか？」

覗き込むように聞いてくるワンダに向かって俺は聞く。

「はい。あたし達は街で獣人差別にあっていたところを、ゴロンガさんに助けてもらって、それからずっと村に住まわせてもらっていたっす。ライチさんがあたし達を選んだのは、そういう境遇にあった同じ獣人を助けたかったからだと思うっす」

「そういう事か」

ゴロンガの良心的なエピソードに感心しながらも、俺はライチの心情について考えた。

選定を任せたのは俺だったが、同じ獣人だけで結成するとは、彼女なりに考えがあっての事かもしれないな。

「よし。じゃあ、君達はいつも通り鍛錬を続けてくれ。俺はライチと話をしてみる」

一つ納得した俺は、彼らに背を向けてライチの部屋の扉を見る。

「分かったっす！　どうかお願いするっす」

「頼みます」

「ああ」

俺が返事をすると、ワンダ達三人は頭を下げてから立ち去った。

同じ獣人として思うところがあるのか、それとも優しい性格が故の心配なのか、はたまた両方か。

冒険者組は全員が獣人な事もあり、互いへの信頼が厚いように思える。

「さて、不法侵入でもするか」

俺は懐から細長い金属片を取り出すと、それを鍵穴に挿してガチャガチャと動かした。

ピッキングという外から解錠する技術だ。

昔、二人の兄に悪戯《いたずら》をするために覚えた無駄な特技である。それからは癖で金属片を持ち歩いている。こうして使用したのはかなり久々だが、役に立って良かった。

「えーっと……おっ、開《あ》いた」

ものの数十秒でガチャリと音が聞こえたので、俺は扉を開けて真っ暗な部屋の中に足を踏み入れる。

「入るぞー」

部屋の明かりをつけた俺はざっと中を見回した。

なんとも殺風景《さっぷうけい》な部屋だ。家具も少なく、飾り気のないシンプルな内装だった。

そして、奥に見える布団の塊に目が行った。

ベッドの上でモゾモゾと蠢《うごめ》く布団の隙間からは、ぴょこっとモフモフの尻尾がはみ出している。

俺は尻尾を指先で突いて声をかける。

「ライチ」

「キャンっ！」

ライチはビクッと跳ねて艶《なまめ》かしい声を上げると、素早く布団から飛び出してきた。

「あ、あ、貴方！　獣人の頭や尻尾を無断で触るのは失礼ですよ⁉　それは恋人とか親しい関係の方にしか許されないのに！」

ライチは顔を真っ赤にして取り乱すと、ベッドの上に立ち上がって、こちらにビシッと指をさしてきた。

服装が白色のもふもふした寝巻きだからか、怒っていてもあまり迫力がない。

「……ゆらゆら動いてるもんだから、つい、な……悪い」

俺が悪いので素直に謝った。

しかし、今はそんな事を気にしている暇はなかった。

すぐに俺は一つ咳払いをすると、ライチに向かって疑問を投げかける。

「どうして鍛錬をしないんだ？　外でワンダ達が心配してたぞ？」

「え……その……言わなきゃダメでしょうか？」

「俺はお前の事をもっと知る必要がある」

俺は真剣な眼差しで彼女の事を見つめた。

勝手な判断で冒険者組を任せてしまったからには、しっかりとサポートをしなければならない。

「ボクの事を……知りたいんですか？」

ライチは何やらハッと驚くと、途端に頬を赤く染めて視線を逸らした。

一見鉄仮面のくせに、言葉を交わすとすぐに表情が変わる。

「俺はライチの事をもっと知りたい。教えてくれないか？」

「……これが主と召使を超えた関係というやつなのでしょうか。ボクはこれまで多くの殿方に奴隷として買われてきましたが、こんな積極的にアプローチされるのは初めての経験です」

俺の言葉に、ライチは自身の身を抱き寄せると、ベッドの上で足を崩して座り込んだ。所謂女の子座りというやつである。

見かけによらず感情の起伏が激しく、よく喋るタイプのようだ。

「うん……よく分からないが、どうして冒険に行きたがらないのか教えてくれないか？」

「……冒険が苦手なんです。昔は好きだったんですけどね……」

ライチは瞳の奥に暗い影を落として言った。

「それはライチの過去に関係しているのか？」

「はい。聞きますか？」

「いいのか？」

「興味があるようなので……まあ、話したところでどうにもなりませんから。あれは今から五年ほど前の事です。ボクはとある街で冒険者をしていました――」

ライチは儚げな笑みを浮かべながら口を開くと、ゆっくりと自身の過去を語り始めた。

それは思った以上に悲惨で、無神経に相槌《あいづち》を打てるほど軽い内容ではなかった。

彼女は冒険者だった。仲間が何人かいて、彼らとパーティを組み、毎日のように冒険者活動に励んでいた。

そんな仲間との関係も良好で、連携《れんけい》をうまく活かして、コツコツとランクを上げていき、やがてライチはAランク冒険者までになった。最上位のSランクに次ぐランクなので、相当な実力者と言える。

しかし、そんな順風満帆《じゅんぷうまんぱん》な冒険者生活を送っていたある日、悲劇が起きた。

とある強大なモンスターの討伐を終えたライチ達が休息していると、なんと近くで冒険をしていた別のパーティに、モンスターの群れを意図的になすりつけられたのだ。

もちろん、ライチ達も上位の冒険者なので、突如《とつじょ》として現れたモンスターへの対応準備はしていた。だが、その数があまりにも多く、やがては体力を奪われていき、満身創痍《まんしんそうい》の体では抵抗出来ず、一人、また一人とその場に倒れ……死んだ。

彼らの中で、運良く一命を取り留めたライチだったが、心の奥にしこりが残り、もっとボクに力があれば、と……自責の念に駆られるようになった。

やがて、ライチは冒険者を辞め、虚無感《きょむかん》と共に日々を過ごしてきた。

奴隷に堕ちたのはそれからすぐの事。

道端で衰弱していたところを盗賊に襲われて、奴隷商人に売り払われたらしい。

それからは、元Aランク冒険者という肩書きに釣られた貴族に何度も買われるが、戦意喪失した姿に呆れてすぐに売り払われ……買われては売られを繰り返し、ついには欠損奴隷として扱われる事になった。

そして欠損奴隷として過ごし始めてしばらくの月日が経過した頃、我がダーヴィッツ家にやってきたというわけだ。

「……話してくれてありがとう」

話を聞き終えた俺は素直に感謝した。辛かっただろうに、こうして全てを曝《さら》け出してくれたのだから当然だ。

「いえ、大丈夫です……」

その言葉とは裏腹に、ライチは自身の過去を悔やむかのように、強く顔を歪めていた。

かける言葉が見当たらず、部屋は沈黙に包まれる。

「……」

辛いという事実を理解しているが、自分が相手の気持ちになれない時、無意識に口を噤み、何も言えなくなってしまう。

ここで励みになる言葉をかけられないなんて、俺は主として失格だ。

「貴方は、とてつもない回復魔法を使えます」

ベッドを下りて立ち上がったライチは、真っ直ぐな目でこちらを見つめながら聞いてきた。

「……ああ」

「その力でリリの手足を再生したり、救い出した村の人達の傷を治したりしていましたね。それに加えて、理由も言わずに鍛錬をサボったボクにも気を遣ってくれます。それは、どうしてですか？」

まるで確認作業をしているかのような聞き方だった。

彼女は俺という人間をある程度分かっているはずなのに、なぜか俺の口から答えを聞き出そうとしていた。

「ライチに限った話ではないが、俺の身勝手で全員の人生を預かった以上、無責任な事は出来ないんだ。だから俺は最善を尽くす。それだけだ」

故に、俺は至極当然の回答をした。

それに対して、ライチは弱々しく笑うと、どこか満足そうに頷いた。

弱々しい彼女の微笑みは、どうにか救済《きゅうさい》してあげなければ、今にも壊れてしまいそうに見えた。

「ライチ」

「はい」

「回復魔法の限界は知っているか？」

俺が唐突に質問すると、ライチは首を傾げて考え込んだ。

「限界？　えーっと……質問の意味がよく分かりませんが、理論上は死んだ人の蘇生までは出来ないとか、ですか？」

「そうだ。回復魔法は生きている人間のみに効果がある。ただ、老化に効かない。逆に言えば、それ以外の全てに効果があるという事だ」

「……もう少し分かりやすく言ってくれると助かります」

ライチはムッとした顔で聞いてきた。

俺が馬鹿にしてるとでも思っているのだろう。

しかし、そうではない。俺には君の事を救う手立てがあるのだと、教えたいだけだ。

「俺の回復魔法は、心の傷すら完治させる事が出来る。辛い過去や心の傷が出来るに至った記憶は残ってしまうが、心に抱えるトラウマそのものは消す事が出来る」

「え？　それって貴方の回復魔法でボクのトラウマを……？」

俺が何を言いたいのかを理解したのか、ライチは目を潤ませると、小さな声で言葉を発した。

「ライチのトラウマは俺が消してやる」

ライチが欠損奴隷であった理由。それは心に抱えたトラウマによって、満足に戦闘をする事が出来ないからだ。素晴らしいAランク冒険者の肩書きも、そのせいで意味を成さなくなっていた。

「っ！　本当に、そんな事が出来るんですか？」

「ああ。だが、過去の記憶を克服するのは自分自身だ。それでも大丈夫か？」

俺は最終確認として聞いた。

あくまでも俺が治せるのは心の傷そのものだ。

ふとした時に思い出される嫌な記憶については、自身で克服する必要がある。

「……はい、はい……だい、じょう、ぶです……っっ……ぅぅ……！」

ライチは泣き崩れた。両の目から大粒の涙を流している。ごめんなさい、と、ありがとう、を交互に繰り返しながら、止まる事のない涙を手の甲で拭う。

「……よく頑張ったな」

俺は泣き続ける彼女の頭を撫でながら言葉をかける。ありきたりでなんて事のない言葉だったが、それしか言えなかった。

それから、数分が経過し、彼女は大きな深呼吸をする事で落ち着きを取り戻すと、未だ潤んでいる瞳で俺の姿を見上げた。

そして、しばしの沈黙を挟んでから、おずおずと口を開く。

「……ボクの……ボクの心を、心の傷を、治してください」

「もちろん」

首を縦に振り微笑んだ俺は、すぐさま回復魔法の準備を始めた。

体内に秘めた魔力を徐々に高めていき、両の掌に極限まで集中させる。

それからすぐに、ほわほわと温かな感覚が全身から掌に集まってくると、緑色の光が見える。

その光景を静かに眺めていたライチは、ごくりと唾《つば》を呑んで表情を固くしていた。

「いくぞ。準備はいいか？」

やがて、準備を整えた俺は、ライチに尋ねた。

「手を、握ってもらえますか？」

「ああ」

俺はライチの手を握ると、両の掌に集中させた魔力の光を、そのまま彼女の掌を通して体内に送り込んだ。

「……っ……！」

緑色の淡い光に包まれた彼女は、反射的に目を閉じると、俺の手をぎゅっと強く握りしめる。

そして、次第に落ち着きを取り戻したかのように安らかな表情に変化した。その様子は、うっとりと回復魔法に酔いしれているようにも見えた。

それからものの数秒で、緑色の淡い光は、彼女の全身から消えた。

「あ……」

同時にライチは名残惜《なごりお》しそうにポツリとこぼすと、一気に全身を脱力させて俺の手を離した。

俺は自分に回復魔法をかけられないので、どんな感覚かは分からない。

だが、皆一様にどこか安らいだような顔になるので、やはり回復魔法をかけられるのは気持ちが良いのだろう。

「何か変化はあるか？」

「いえ……特には……」

ライチは首を横に振った。

「そうか。でも、きっとこれまで苦痛だった事に取り組むうちに、治療の効果を実感出来るはずだ」

人は悪い変化はすぐに感じてしまい、表情や行動に顕著《けんちょ》に現れるが、良い変化というのは案外気づけないものだ。

「冒険にも行けますか？」

「嫌な記憶が蘇る事自体はあるだろう。だが、その記憶が蘇ったところで、足が震えたり、体が強張ったりはしない。少しの不快感を覚える程度だと思う。心の傷は治したから、後はライチ自身の力で頑張ってくれ」

「はい！」

俺が微笑みかけると、ライチはこれまでで一番元気な返事をしてみせた。

既に効果を実感し始めたのか、以前よりも声色が明るいのが分かる。

「それじゃあ、俺は屋敷に戻らせてもらう」

俺は立ち上がり踵を返した。

「もう行っちゃうんですか？」

「ああ。少し用事があるんだ。それに、扉の外で盗み聞きしている三人は、ライチと話したがっているみたいだからな」

本当は用事などないが、心配している彼らこそ今はライチと言葉を交わすべきなので、俺はお暇させてもらう。

「え？　盗み聞き？」

「ほら」

首を傾げるライチをよそに、俺は扉を開けた。

すると、前傾姿勢になった三人がドタバタと音を立てて部屋の中になだれ込んできた。

「ちょ、ちょっと、ずっと気がついていたんすか⁉」

驚き交じりに口を開いたのは、重なって倒れている三人組の一番下にいるワンダだった。

「最初から気がついてたぞ。まあ、別に怒ったりはしないから安心してくれ。ライチの事が心配だっただけだろうしな」

「全てお見通しとは、さすがは領主様っすね。ライチさんが元気になってくれて良かったっす！」

ワンダは俺をなんだと思っているのだろうか。とにかく、ライチを心の底から心配していた事は分かる。

「皆さんにはボクが不甲斐ないばかりに迷惑をかけてしまいました。今度こそ冒険に行きましょう！」

ライチは素直に謝り、その後元気にそう告げた。

「はいっす！」

俺を抜きにして話が盛り上がり始めたので、俺はひっそりと部屋を後にした。

さて、魔法を使って腹が減ったし、リリを連れて屋敷に戻るか。

第五章　最高級のポーションを作ってみた

「へー、ご主人様ってば、ライチの心の傷まで治しちゃったんだねぇー」

「まあな。おっ、これ美味いな」

側に立つリリと会話しながら、俺はどこかいつもとは違う食事に舌鼓を打つ。

あれから数日経過していたが、ライチ達冒険者組が、庭で鍛錬に励んでいるのを見かける事がある。

今も彼女は庭で錆びついた剣を振るい、一人汗を流している。

今日は一人で鍛錬とは熱心だな。

見るからにライチは笑顔が増えたし、獣人同士の仲も雰囲気もかなり良い。これは定期的な収入源に期待出来るぞ。

「それは土の民の人達が作った野菜よ。甘くて美味しいでしょ？」

「ああ。これで食料が枯渇《こかつ》する心配はなさそうだな」

献立に新鮮な野菜が増えるのは良い事だ。

彼らは元来野菜しか食べない種族で、野菜を作らせれば右に出る者はいないレベルだそうだ。

「あっ、そういえば……またミストレード侯爵から手紙が届いてたわよ？」

「今度はなんだって？」

『よくもパーティの招待を無下に扱ってくれたな。吾輩の領土から大切な民とオリハルコンを強奪したという情報。そして、吾輩が大切にしていたペットを討伐し、挙げ句の果てに我が領地の森林を焼き払ったという話も聞いている。あそこには吾輩の〝大切なモノ〟があったのだ。近いうち、そちらに遣いの者を送る。この怒りを鎮めて欲しければ、遣いの到着までに全てを返還する用意とそれ相応の代価を準備しておけ。いいな！』

「……だって。なんの事？　送る相手間違えてるんじゃないの？」

リリは少し声を低くして手紙を読み上げると、最後には呆れたように目を細めて手紙を見つめた。

だが、俺には思い当たる節があり、この手紙について考えざるを得なくなってしまった。

「……あーーーーーー……なんか話が繋がったような……そんな気がする」

オリハルコンというワードでピンときた。

そしてミストレード侯爵とやらが、最初の手紙を俺に寄越したタイミング。

ペットやら森林やら分からない事も多いが、薄らと話の本筋が見えてきたような気がする。

もし俺の想像通りだとすれば、決して俺は悪い事などしていないが、あちらからすれば、ムカついてしまうのも無理はない。

これは少しばかり真剣に考えておく必要がありそうだな。

「ご主人様、何か知ってるの？」

「いんや……別に」

俺は言葉少なに誤魔化すと、口一杯に料理を詰め込んだ。

その時だった。ノックをして部屋の中にメアリーが入ってくる。

「フローラル様、お客人がお見えです」

「客人なんて、約束した覚えないんだけど」

そもそも俺にそんな交友関係はない。

「ミストレード侯爵の遣いとの事ですが……追い返しますか？」

「はぁぁぁぁぁ……マジかよ。早すぎるだろ」

俺は深いため息を吐いて立ち上がると、窓の外を見やった。

すると、正門付近には馬に跨《またが》る一人の騎士がいた。

全身を覆い尽くすピカピカのシルバーの鎧に、腰には剣まで携《たずさ》えちゃって……

暴れられたら困るし、追い返さない方が良さそうだな。

「この部屋に通してくれ」

「かしこまりました。リリ、食事を片付けなさい」

「は、はい！」

メアリーはリリに指示を出すと、部屋を出て自ら遣いの騎士を出迎えに行った。

面倒臭いな。レレーナが持つオリハルコンの事は黙っておくとして、適度に向こうの手の内を探りながら話をしてみるとするか。

やがて、メアリーが遣いの騎士を連れて部屋に戻ってきた。

先ほどまで食事を楽しんでいた安らぎの空間から一転して、物々しい雰囲気が漂う部屋の中。

騎士の男は俺の対面のソファに腰を下ろすと、鋭い眼光でこちらを睨みつけてきた。

「俺様はハンズだ。この度ミストレード侯爵より命を受けて参上した。時にダーヴィッツ男爵、その様子を見るに、既に手紙にて話は大方把握しているな？」

「まあ、詳しくは知らないが、大体見当はついている」

俺は、男の瞳を見据《みす》えながら答えた。

「ならば、話は早い。其方が我らの領土より強奪した大切な領民と、オリハルコンを返してもらおうか」

男は鋭い眼光のまま兜《かぶと》を取ると、男にしては長めのくすんだ黒髪を靡かせた。

やっぱりその話か。

そんなの返答は決まってるだろうが。

「断る。特に前者は俺の大切な領民だからな。引き渡す気はない」

「ふんっ、大切な領民だと？　金もなく飢えたやつらを奴隷堕ちさせたくせに、笑わせるな。偽善《ぎぜん》者《しゃ》めが」

呆れた物言いだな。表面的な部分だけを見てしまうと真実が分からなくなる。

「困窮した人々に手を差し伸べ、領民の事を第一に優先する。もしもそれが偽善者と言われるのなら、俺は喜んで偽善者になろう」

「ッ！」

俺が即座に言い返すと、ハンズは歯ぎしりをしてテーブルに拳を叩きつけた。

「彼らを虐《しいた》げて、オリハルコンまで強奪しようとしていたのは、どっちだ？　考えずとも答えは分かるはずだ。指示に従うだけで視野が狭くなってるんじゃないか？」

「貴様ぁっ！　愚弄《ぐろう》する気か！」

「事実を述べただけだ。現に君は、無様に声を荒らげている。つまり、それは心当たりがあるという事だろう。彼らに色々と非道な扱いをしてきたのだろう？」

俺はハンズの視線を捉えて離さなかった。

そして彼は押し黙った。何も言い返す事が出来ず、獣のようにウーウーと唸っている。

言い返す事の出来ない自分が悔しいのだろうか。

「話は終わりだ。帰ってくれ」

俺は手を振り、しっしと軽くあしらった。

食事の最中に来るなんて迷惑なんだよ。

とっとと自分のお家に帰っておねんねしてくれ。

そして二度と俺達に関わるな。

「くっ……！　俺様と決闘だ！　騎士として、この剣で勝負をつけてやる！」

ハンズは悔しそうに顔を歪めると、抜き放った剣を俺の喉元に突きつけてきた。

「いや、俺は騎士じゃないんだけど」

昂《たかぶ》っているところ悪いが、俺は騎士じゃないし、戦闘経験なんて全くない。

「むぅ……」

不満そうに顔を顰《しか》めるハンズだが、俺の言葉の意味がよく分かっていなさそうだ。

仕方ないから詳しく説明してやろう。

「はぁぁぁぁ……いいか？　お前が騎士で本職が戦う事なら、相手も戦いを本職としていなきゃ対等じゃないだろ？　それに、もしも仮に俺が戦うのだとしたら、相手はミストレード侯爵じゃなきゃ対等じゃないんだよ。理屈は分かるか？」

「で、であれば、貴様らの中で最も強い者を連れてこい！　いいな！」

ハンズは納得はしたようだが、諦めきれないのか、少しばかり剣を握る手を震わせて言った。

「……それで引き下がるのか？　俺達が勝てば、もう俺に関わるなと、ミストレード侯爵に伝えてくれるのか？」

「騎士の誇りにかけて誓おう。ミストレード侯爵には俺様の口から上手く伝えておく」

ハンズは勢い良く剣を床に突き立てながら答えた。

いや、堂々としてるところ悪いけど、床につけた傷はしっかりお前に請求するから覚悟しておけよ。

「俺からも一つ条件がある」

「なんだ？　俺様は優しいから聞き入れてやる」

「使うのはこちらで用意した木剣《ぼっけん》だ。相手の命を奪うような過剰な攻撃は禁止、あくまでも模擬戦という形で行う。いいな？」

俺は部屋の隅に立て掛けられていた二振りの木剣を手に取った。子供の頃に父と遊びで使っていたものだ。

父は俺の剣技を磨きたかったらしいのだが、俺がインドア派で本ばかり読んでいたからすぐに諦めた。

その結果、俺は回復魔法しか取り柄のない三男になったわけだ。

「一向に構わん！」

命を懸けるメリットは見当たらない。それはハンズも同じだったのか、部屋に響くほど大きな声で返事をした。

癪《しゃく》に障るやつではあるが、話はどうやら聞いてくれるらしい。

それにしてもうるさいな、ゴロンガの次にうるさい。

まあ、何にせよ、これで交渉は成立だ。

くだらない争いは避けたかったが、今後しつこく絡まれるのも面倒なので、この機会に追い返しておく必要がある。

「よし、じゃあ庭に向かうぞ」

「ああ！」

俺はハンズを連れて庭へと向かった。

さて、せっかくの機会だしライチのリハビリがてら、ハンズには頑張ってもらわないとな。

そんなこんなで庭にやってきて早々、ハンズは額にピキピキと太い血管を走らせながら、ライチを指差して怒りを露わにした。

「お、俺様は、こんな獣人の女と戦うのか⁉」

「そうだ。何か問題でも？」

俺は不服そうなハンズに向かって聞き返す。

「問題しかない！　こんなひょろっこい女と戦わせるなんて、俺様の事を舐めてんのか！　貴様らは騎士の一人も用意出来ないのか⁉」

「舐めてないから安心しろ。それに、彼女は冒険者だ」

少しだけ利用してやろうとは思っているが、別にお前の事を甘く見てるとかそういうわけではない。

「あの……これは一体……？　貴方はボクに何をさせようとしてるのですか？」

俺とハンズが話していると、わけが分からないと言った様子でライチが俺に尋ねてきた。

「ライチ。鍛錬中だったのに悪いな。説明が遅くなったが、この男と戦ってみてくれないか？」

「戦う？　どうしてですか？」

「俺の方で少しいざこざがあってな。どうやら強いやつと戦いたいらしい。頼めるか？」

「その木剣で勝てばいいんですか？」

俺が手に持つ木剣を指差して、こてんと首を傾げて聞いてきた。

「そうだ」

「分かりました。ボク、あまり強くないですけど、頑張ります。でも、久しぶりのちゃんとした対人戦なので、上手く立ち回れるか分かりませんよ？　それでもいいですか？」

ライチは俺の手から木剣を受け取ると、感触を確かめるように素振りをした。

俺がプレゼントした錆びついた剣は腰に携えたままだ。使い込んでいるからか錆が剥がれてきており、大きさも少しばかり小さくなっているように見える。

その剣の形をした錆の塊、まだ使ってくれてたんだな。押し付けるような感じだったのに、大切にしてくれると少し嬉しくなる。

「ハンズ。準備はいいか？」

「ふんっ、一方的な展開になるのは目に見えているが、良いだろう！　何が起きても、知らんからな！」

ハンズは俺の手から木剣を半ば強引に奪い取ると、慣れた手つきで兜を被り直す。そして、余裕《よゆう》綽々《しゃくしゃく》な様子で言葉を吐き捨てた。

見た目だけなら、端整な顔立ちの爽やかな騎士なのだが、油断しきった態度と荒々しい口調には爽やかな印象は一切抱かない。

まあ、確かにライチは落ち着きのあるごく普通の獣人の女性にしか見えないし、元々はAランク冒険者だったなんて想像もつかないよな。

「よし。じゃあ審判はセバスチャン、頼んでいいか？」

「……気がついていらしたのですか」

俺が名を呼ぶと、セバスチャンは背後の木の陰から静かに現れた。

なぜか、隣にはレレーナもいる。

「当たり前だ。最近では珍しくタキシードを着てるから、すぐに分かったぞ」

タキシードの裾の部分が、風で煽られて木の陰からチラチラとはみ出していて、横目で見えたのだ。

ここ最近はずっとツナギを着ていたから新鮮に感じるな。

「左様ですか。では、私が勝負の行方を見守るとしましょう。レレーナさんはフローラル様にお任せいたします」

セバスチャンは数歩前進すると、対峙《たいじ》するライチとハンズの間に割って入る。

一人残されたレレーナの側に俺は歩み寄るり、行方を見守る。

「はぁぁぁぁ……やっとかよ。俺様は得物の手入れすらまともに出来ないやつと戦わなきゃいけないのか？　おい、男爵さんよぉ。本当に他に強いやつはいないのか？」

「とにかく手合わせをしてみろ。そうすれば分かる」

ライチの得物については、元々その状態だったのだからしょうがない。

それに、ハンズ。油断するのは危険だぞ。

「そうかい。俺様をあまり甘く見ないで欲しいねぇ！」

彼は威勢良く大きな声を発する。

対して、ライチは静かなまま、片手で木剣を美しく構えている。

心の余裕と集中力で既に差が出てきている。

「ねぇ、フローラル」

ここまで静観していたレレーナが口を開く。

「どうした？」

「ライチって強いんだよね？」

「分からん」

「え？」

俺が即答すると、レレーナは間の抜けた声を上げた。

リハビリがてら戦ってもらおうと思っただけなので、実力の差については考えていなかった。

勝敗も大切だが、この戦いのポイントは別にある。

ライチの経過の確認とでも言おうか。治療後のメンタル面を見ておきたかったのだ。

「でも、多分勝つと思うぞ。危ないから少し離れてろ」

「うん」

レレーナは俺に言われた通り、そこからさらに五メートルほど後退した。目が見えてない分、戦況が分からないため、何か起きてからでは対処が難しい。この場で俺の隣にいるよりも、なるべく離れた位置にいてもらった方が危険が少ない。

「では、両者、準備はよろしいですか？」

レレーナが離れた事を横目で確認すると、セバスチャンは白髭をいじりながら、ライチとハンズを交互に見やった。

二人は同時に頷きはしたが、その表情は全く違うものだった。

ライチは真剣な眼差しで対峙する相手を見据え、剣を構えて油断も隙も見せていない。片や、慢心しきっているハンズは、ぷらぷらと片手で剣を持ち、構えてすらいないようだ。

俺のような素人が言うのもなんだが、既に勝負は決しているように思える。

「では――始め」

セバスチャンは静かに勝負の開始を合図した。

先に動いたのはハンズだった。

「ひゃっはぁぁぁぁっ！」

彼は威勢良く前傾姿勢で飛び出し、ライチを目がけて一直線に突き進むと、木剣を大きく振るった。

なんの策も感じさせない、単なる突進にしか見えない。

戦闘の知識がない俺から見ても、そんなものが彼女に通用するとは思えない。

案の定と言うべきか、ライチはゆったりとしたステップで、余裕を持って回避していた。

チラリとしか見えなかったが、その時の彼女は、まるで相手の実力を見極めているかのような真剣な面持ちだった。

「……」

「やるじゃねぇか！」

威勢の良い言葉を吐きながら、縦に横に木剣を振るうハンズだったが、その全ての攻撃が余裕を持って回避されていた。

突進からの大振りという無策な追撃を回避しただけに見えたが、あの一連の流れにも、素人の俺では理解の及ばない緻密《ちみつ》な攻防があったのかもしれない。

「じゃあこれはどうだ！」

続けざまにハンズは突進したが、今回は少しだけ跳躍《ちょうやく》していた。

そして、空中で両手で木剣を持つと、大きく振り下ろす。

しかし、またもやライチが余裕を持って回避した事で、ハンズの木剣は空を切り、庭の草をごっそりと抉《えぐ》り突き刺さる。

後でメアリーに手入れを依頼せねばいかん。

「おい、てめぇ！　なんで攻撃してこねぇんだよ！　舐めんなよ！」

「舐めてるのは貴方の方です。そんな大振りな攻撃なんて、Cランク程度のモンスターすら倒せませんよ？」

ライチは笑みをこぼしながら言葉を返した。

確かに、俺が目で追えるくらいには単調な攻撃だった。油断や慢心のせいだと思いたいが、今のハンズを見る限り、これが本来の実力という事も十分にありえる。

「っ！　くそが！」

ハンズは地面に突き刺さった木剣を引き抜くと、勢いそのままにライチに向かっていった。

どこか呆れたような彼女は、この攻撃も余裕を持って回避した。

そして今回は、ハンズの懐に、するするっと入り込むと、木剣の先で腹の真ん中を突き刺した。

それだけでは終わらず、流れるような動きで、苦しむ彼の横腹に回し蹴りを放つ。

鈍い打撃音が聞こえる。

「ぐぶぅぅっ……ぁ！」

ハンズは木剣を手から落とすと、とてつもないスピードで吹き飛んだ。

ライチの回し蹴りは、俺が目で追えたのだから決して異様に速い動きではなかったはずだ。しかし、一連の動作にムラやムダが一切なかったように思えた。

凄い攻撃だったな。こうも躊躇《ちゅうちょ》なく戦えるという事は、戦闘時におけるメンタルは心配なさそうだ。攻撃に澱《よど》みがなかったし、何より、強い。

これは安心だな。

「あぁぁ……ぁっっ……痛ぇぇツツ……‼」

レレーナの側に飛ばされ、背中から着地したハンズは、声にならない声をあげて、腹を押さえ蹲《うずくま》っている。

俺は、何が起きたか分からず困惑しているレレーナに声をかける。

ハンズは腰に自身の長剣も下げているため、近い距離にいるべきではない。

「レレーナ、離れろ！」

「え、え？」

突然の俺の叫びにレレーナは狼狽《うろた》えていた。

「はぁ……くそぉっ！　こうなったら……仕方ねぇよなぁ⁉」

途端に何かを悟ったハンズは、口元から涎《よだれ》を垂らしながら立ち上がると、すぐ側で困惑するレレーナに視線を移し、ゲスな表情を浮かべた。

まずい。

「はぁはぁはぁ……っ……こいつがどうなってもいいのか⁉」

俺の嫌な予感は的中し、ハンズは立ち尽くすレレーナの背後を取ると、抜いた長剣を彼女の首元に突きつけた。

「フ、フローラル……？　私、私……」

「レレーナ！　ボ、ボクのせいだ……」

困惑するレレーナの姿を見て、ライチが叫んだ。彼女は自身の行いを悔やむように歯を食いしばる。

「……全く、余計な事をするなよ……」

俺は頭を抱えて嘆息した。

せっかくリハビリのためにこの模擬戦を組んだのに、ここでトラブルが起きたら台無しじゃないか。

新たなトラウマが作られてしまったら、今回のリハビリの意味がなくなる。

「ぐははははぁっ！　騎士の一人もいない弱小貧乏貴族に、ミストレード侯爵の護衛を務める俺様が負けるわけがなかろうが！」

高笑いをしているところ悪いが、お前はしっかり勝負に負けていたからな。

小狡《こずる》い手で勝ちを掴もうとしても、この俺が許さない。

でも、どうしようか。ライチはもう放心しちゃってるし、ハンズには気の毒だが奥の手を使わせてもらおう。

「セバスチャン、やれるか？」

俺は静観していたセバスチャンに声をかけた。

「ええ。お任せあれ。意識を奪えばよろしいですか？」

彼は僅かに口角を上げると、こちらを向いて恭しく頭を下げた。

それはまるで、俺に声をかけられるのを待っていたかのような笑みだった。

彼は真白い手袋をはめ直すと、一つ白髭を撫でて息を吐いた。

「少し話したい事があるから、力は調整してくれ」

「御意」

刹那《せつな》、セバスチャンの姿が消えた。

この場にいる誰もが彼の姿を追う事が出来なかった。

やがて、俺が一つ瞬きを終えた頃には、セバスチャンはハンズの背後を取っていた。

「え？」

ハンズは背後の気配を察する事は出来たが、時既に遅し。

振り向く直前に、〝どんっ〟と、うなじを手刀で叩かれると、力なく倒れた。

僅かな間の緊迫は、セバスチャンの一撃によってあっさりと終幕したのだった。

「やっぱり、お前が最強だよ」

俺は苦笑を浮かべながら、特に表情を変えないセバスチャンをチラリと見た。

「ありがたきお言葉」

セバスチャンはなんて事ない様子で返事をして、レレーナを連れてハンズとの距離を取った。

「ダーヴィッツ家はな、弱小貧乏貴族になる前から、ずっと騎士なんていなかったんだよ。おまけに対外的な戦力も一切所持していない。それはどうしてか分かるか？」

俺はまだぼんやりと意識が残っているハンズに近寄り、膝を曲げて視線を交わす。

「……あ……ぁぅ……」

ハンズは情けない声を上げながら、片目だけ開いてこちらを見てきた。

「そんなの必要ないんだ。なぜなら、歴代の執事が誰よりも強いからだ」

俺が言葉を言い切ると同時に静寂に包まれる空間。

泡を吹いて倒れるハンズ。

ぺたりと尻餅をつくライチ。

解放されたレレーナは、その場にへたり込むと、少しだけ体を震わせていた。

「さて、セバスチャン。こいつはミストレード侯爵の元に送り返してやろう」

とりあえず今は、この男の処理が先だ。

「あぁ……ミストレード侯爵の遣いだったのですね。どうりで横柄《おうへい》で傲慢《ごうまん》な態度なわけです」

セバスチャンは失神するハンズの事を、心底呆れた表情で見下ろした。

俺はミストレード侯爵について何も知らなかったが、ウチで長年執事をしている彼はよく知っているようだ。普段は温厚で優しいセバスチャンのこの口振りからして、きっと碌《ろく》でもないやつなんだろう。

「頼む」

「御意」

セバスチャンはハンズの事を小脇に抱えると、彼が乗ってきた馬を見つけて、手綱《たづな》を握りながら正門に向かって歩いて行った。

やれやれ。面倒だな。どうせまたミストレード侯爵が何か言ってくるだろうし、どこかでしっかり話をした方が良さそうだな。

ミストレード侯爵の事は時間がある時に調査しておくとして、今はライチとレレーナのケアをするべきだろう。

「二人とも、俺の部屋に来てくれ」

先に歩き始めた俺の背後から、二人は手を取り合いながらついてくる。

やがて部屋に到着すると、二人をソファに座らせて話を切り出した。

「ライチ、久しぶりの対人戦はどうだった？　メンタル面の心配はなさそうか？」

「……正直、相手は油断しきっていたので相手になりませんでした。メンタル面の心配もなさそうです。ただ、ボクは……また大切な人を危険な目に遭わせてしまいました……ッ！」

ライチは俺の問いかけに対して自身の胸に手を当てると、表情に陰《かげ》りを見せて露骨に落ち込んだ。

耳と尻尾もしゅんと垂れている。

「まあ、ヒヤヒヤしたな。俺がレレーナに離れるように言わなければ良かったんだが」

「いえ、もっとボクを叱りつけてください。ボクはダメな事をしました」

ライチは自分を責めながら、向かいに座る俺と、自身の隣に座るレレーナを交互に見た。

「私は平気だから、そんなに気にしなくてもいい。大丈夫」

自分を責めるライチに対して、隣に座るレレーナが慰めの言葉を送る。

レレーナは高い位置にあるライチの頭に手を伸ばすと、ぽんぽんと軽く叩いて微笑んだ。

「レレーナぁ……ありがとぉぉ……！」

ライチは目を潤ませながらレレーナに泣きついた。

「うん、いいの」

どっちが大人か分からなくなるが、ライチは大人びた容姿に反して子供らしい一面がある。

逆にレレーナの精神面が成熟しすぎて、感覚が麻痺してしまう。

「それで……メンタル面は本当に問題なさそうか？」

レレーナの胸に顔を埋めてわんわん泣いているライチに、俺は一つ咳払いをしてから改めて聞いた。

「……は、はい。その辺りは全く心配いりません。この前ワンダ達と冒険に出てヒヤヒヤした事もありましたが……特に問題はなさそうです」

「何かあったのか？」

「他の領地に赴《おもむ》いてクエストをこなしたのですが、その際に魔法で小さな森を完全に燃やしてしまいまして……」

「え？」

森を燃やしたって？　ライチが？　どうして？

「わ、わざとじゃないんです！　ただ森の中の雰囲気が異様すぎて放っておけなくて……」

「それにしても、森を燃やすって……なぁ？」

「うん、やりすぎ。でも、理由もなくやるはずがない。きっと仕方がなかったんでしょ？」

俺の問いにレレーナは静かに答えると、優しい口調でライチに尋ねた。

「ええ、あの森にいたモンスター達が森の外へ出てしまえば、近くの街は確実に甚大《じんだい》な被害を受けていたでしょう。中にはAランク相当のモンスターもいたので、数百人単位で死者が出るのは間違いありませんでした」

「そういう事なら分かるが、ちゃんとそこの領主には、事情を伝えて頭を下げておけよ」

事情を知らない領主からすれば、ただ単に冒険者に森を焼き払われたとしか思わないだろう。不憫《ふびん》でならない。

「はい、ですが気になる事もあって。実はその森に生息していたモンスターは誰かに調教されていたみたいで、体に人為的な傷痕《きずあと》がたくさんあったんです……おまけに異常に攻撃性が高く、本能や習性で動く普通のモンスターと違って、まるで人間を殺したくて仕方がないような、そんな目つきでしたね」

「うーん……つまり誰かが森の中でモンスターを調教していたって事か？　なんのために？」

「それを領主様に確認したかったので、冒険者ギルドで願い出たのですが、あっさりと断られてしまいました。なので、真相は不明です。ただ、あのモンスター達が人間の手で調教されていたのは確実ですね」

「そういう理由で森を燃やしたわけか。うん、分かった。まあ、怪我がなくて何よりだ。これからも安全に冒険を続けてくれ」

他の領地の森を燃やすというキーワードについて心当たりがありすぎたが、ライチはライチなりに正義を実行しただけなので、叱ったりはしない。

「はい！　ありがとうございます……フ、フローラル様」

ライチはもじもじと照れながらお礼を言った。

耳と尻尾もそわそわ動いている。

ライチの言葉に、気になる事が一つだけあった。

「……初めて名前を呼んでくれたよな？」

そう。ライチが初めて名前を呼んでくれたのである。

これまでは〝貴方〟だったのだが、今は確かに名前を呼んでくれた。

ちょっとだけ感動して、目頭《めがしら》が熱くなる。

「その、ごめんなさい……」

「いや、嬉しいよ」

申し訳なさそうに謝るライチに対して、俺は微笑んで返した。

やっと距離が縮まったような気がする。

「フローラルは知らないと思うけど、ライチは裏ではずっと名前で呼んでた」

俺が一人でニヤニヤをこらえていると、レレーナが口を開いた。

どこか悪い笑みを浮かべており、チラチラとライチの方に視線を向けている。

「え？　そうなの？」

「レ、レレーナ！」

俺が聞くと、ライチはあわあわと慌て始めた。

ライチの制止も虚しく、レレーナは言葉を続ける。

「この前、たまたま庭で会って話した時、フローラルが心の傷を治してくれた事にすっごく感謝してた。その時は〝フーくん〟って呼んでた」

「フー……くん？」

「そう。フーくん。可愛い呼び方」

レレーナはニコリと笑って教えてくれた。

「フーくんか……」

初めてそんな呼び方をされたので、新鮮な気持ちになる。

同時に妙に恥ずかしい感情も湧いてくる。

フローラルだからフーくん……だよな。父や兄達にも呼ばれた事ないぞ。

「その……あ……ダメ、でしたか……？」

考え込む俺の様子を見て心配になったのか、ライチは指をモジモジとさせながら、上目遣いで聞いてきた。

フワフワの尻尾も様子を窺うように、ゆっくりとゆらめいている。

「いや、あだ名なんてつけられた事なかったから、嬉しいよ」

「ほ、ほんとですか！　フーくん、フーくん、フーくん……フーくんって呼びますね！」

ライチは気恥ずかしそうに何度も連呼すると、やがて吹っ切れたのか、最後には満面の笑みを浮かべた。

「お、おう……」

「ふふふ……なんだか楽しくなっちゃいました！　ボク、これから皆を連れて街に行って、装備を買ってきますねーー！　ワンダ達が頑張ってくれているから、たくさん買ってきますー！」

上機嫌になったライチは、ルンルン気分でスキップすると、ぶんぶんと尻尾を振りながら部屋を後にした。

しんと静かになる部屋の中。

なんとも言えない空気感だったが、レレーナが一つ息を吐いてから口を開く。

「……ライチは大人びたお姉さんって最初に思ったんだけど、話していくうちに分かってきた。多分、精神年齢は私とかリリよりも下だと思う」

「だな」

レレーナのケアもするべきかと思ったが、どうやらその必要はなさそうだ。

それから俺とレレーナは二人で談笑しながら、のんびりとティータイムを楽しんだのだった。

ハンズを追い返してから数日が経ち、今日は裏の農地の地下に足を運んでいた。

というのも、セバスチャンに呼び出されていたからだ。なんでも地下で内密に話したい事があるらしい。

だが、ここに来るのは中々に大変だ。

別に地下への階段が面倒とか、わざわざ裏の農地まで歩くのが嫌とかじゃない。

土の民が作業している横を通るのが大変なのだ。

彼らは「フローラル様に捧げろ！」とか「フローラル様は偉大なお方なり！」とか……誰が教えたのか知らないが、俺に対して妙な信仰心を持っており、俺の姿を見る瞳は輝いていた。

最初に治療した事で感謝されているのかもしれないな。

ただ、以前と少し違うのは、高台で叫んでいたゴロンガの姿がなかった事だ。

どこに行ったのだろうかと、辺りを見回してみると、彼は農地の隅で退屈そうに何もせずに突っ立っていた。

声も出さず、作業もせず、何をするでもなく、ただただボーッとしている。

まるで抜《ぬ》け殻《がら》のように見えた。

彼は何をしているのだろうか。

「まあ、いいや」

そんな事を考えながら、目的地に到着したので、俺はゆっくりと扉を開く。

すると、部屋の中には、椅子《いす》に腰かけ、分厚い本に目を通すセバスチャンがいた。

「フローラル様、お呼び立てして申し訳ありません。どうぞ、おかけになってください。今、紅茶を用意しますので」

セバスチャンは俺の姿に気がつくと、流れるような所作で応対してくれた。

真白いティーカップに、湯気の立つ紅茶を注ぎ入れる。

「悪いな」

「いえいえ。こちらこそわざわざご足労いただきまして」

セバスチャンはほんの僅かに笑みをこぼす。

出来た男である。少々自分の欲望に忠実なところは気になるが、やはり執事としては素晴らしい。

「そうか……それで、話ってなんだ？」

挨拶もそこそこに俺は彼の目を見て尋ねた。

「実は、新しい商売、もとい資金の調達方法を思いつきまして、その提案をさせていただきたかったのです」

一つ咳払いをしたセバスチャンは、テーブルにティーカップを置くと、真面目な顔つきで口を開いた。

「ほう。具体的に聞かせてくれ」

「特に難しい話ではないのですが、土の民が作り出した大量の野菜を、他の領地に売るのはいかがでしょうか？」

「あー、いいんじゃないか？　あの量を俺達だけで消費するのは無理だし、運搬《うんぱん》する手立てがあるのなら、全然やっていいと思うぞ」

あまりにも多すぎる野菜の処理には、メアリーとリリも困っていた。

おかげで俺の毎日の食事も野菜ばかりのヘルシーメニューになっているので、肉や魚を食う機会がめっきり減ってしまった。

腐らせずにお金に換えられるのなら、そうした方が良いだろう。

「ありがとうございます。ただ、その運搬する手立てなんですが、馬車で運ぶとすると、御者を出来るのが私とメアリー、そしてフローラル様に限られるので、馬車を利用するのは中々難しいのです。他に何か手立てはないか、知恵をお貸しいただけませんか？」

セバスチャンは上品な白髭を一つ撫でた。

知恵を貸せって言われてもな……

御者を出来るのが俺とメアリーとセバスチャンだけって考えると、今持ってる役割を考えたら時間を割くのは難しいな。

「……いや、待て。そもそも野菜があまりにも多いなら、別に無理して販売しなくても、土の民に生産量をコントロールしてもらえばいいんじゃないか？」

少し思考した俺は、至極真っ当な事を口にしていた。

多すぎたら減らせばいい。それだけの話だ。

確かに収益には繋がるが、無理に人員を割いてまでやるべき事なのだろうか。

「最初は私もそう思いましたが……無理でした。以前にもお伝えしたように、彼らはストレスを溜め込むと弱々しい普通の人間のようになります。なので、適度なストレス発散が必要になるのですが、どうやら魔法を使用する事で心が安らぐようで、最適なストレス発散方法こそが、野菜の大量生産だったのです」

「はぁぁぁ……良いんだか悪いんだか分からないが、そういう事ならしょうがないか」

ため息を吐いた俺は、言葉を返して紅茶を啜った。

そもそもストレスを溜め込むと弱くなるという特性が特殊過ぎる。

野菜の生産をストップさせるのは無しだな。

「ええ。ですから、何か妙案《みょうあん》があればと思い、こうしてお呼び立てしたのですが……」

「うーん……セバスチャンは工作も出来るよな？」

腕を組み少し考えると、行動に移せそうな案をすぐに思いついた。

「ええ。それが何か？」

「お前が作った軽くて丈夫な荷車を、人間の手で引くのはダメなのか？　ちょうど頑丈そうな材料もあるし」

「大量の野菜が積み込まれた荷車を？」

「ああ」

「人間が引く？」

「ああ。馬車が無理なら人力でやるしかないだろ？」

それが出来そうな人間が一人いる。巨漢で人柄が良くて、声がデカくて、セールスに向いていそうなあの男だ。

おまけになんの偶然か、彼は農地の隅で一人突っ立って退屈そうにしていた。これは絶好の機会だと思う。

「お言葉ですが、厳しいかと思われます。そのような力を持った人間なんているはずが――」

「――出来そうなやつが一人いるだろ。今日は暇そうにしてたぞ？」

「……ああ、いましたね。今すぐに呼んできます」

言葉の途中で思い当たったのか、セバスチャンはすばやく部屋を出て地上へ向かった。

さて、あとは虚無になっていたあの大柄の中年次第だが、力を持て余していそうだし、あの愛嬌と人柄を活かせば、野菜なんてすぐに売る事が出来るだろう。

こうして、俺はゆっくりと紅茶を飲んで待っていると、セバスチャンが満足そうな表情で戻ってきた。

背後にはいつもより暗い表情の大男の姿もある。

「お待たせしました。さあ、ゴロンガ。そこにかけてください」

「フローラルの旦那、隣、失礼するだ」

「おう」

緊張した面持ちのゴロンガは、セバスチャンの案内でおずおずと俺の隣の椅子に腰を下ろす。

というか、こいつ、デケェな。

前よりも全体的に大きく、より一層筋骨隆々になった気がする。身長は三メートルくらいありそうだ。

椅子からお尻がはみ出している。

「あ、あのぅ……オイラ、皆の作業を手伝わないといけないんだけんども……」

「お前、暇そうにしてただろ。何してたんだ？」

俺が苦笑しながらツッコミを入れると、ゴロンガはビクッと肩を震わせる。

そして恥ずかしそうに、ツンツンとした剛毛の頭をかいた。

「い、いやぁ、見られてたべか？　実は、最初は皆の士気を高める声出し係を担当してたんだけんども、最近はそれすら必要ないくらい皆元気だから、オイラの役目がなくなっちまっただよ。たまにライチ嬢達の稽古に駆り出される事もあるけんども、今日はそれもなかったべ」

へらへらと笑みを浮かべてはいたが、内心は寂しいのかどこか情けない声で言った。

ライチ達との稽古とやらも少し気になるが、今は置いておこう。

「そんなお前に朗報《ろうほう》だ。セバスチャン、説明を頼む」

「はい。ゴロンガ、貴方は力には自信がありますね？」

俺からパスを受け取ったセバスチャンは小さく首肯すると、すぐさまゴロンガに視線を向けた。

「は、はいだ！　力なら誰にも負けねぇべ！」

ムキッと力こぶを作ってアピールするゴロンガ。

白い歯に焼けた小麦色の肌、ムキムキの体に愛嬌満点の笑顔、加えてぴっちりとしたタンクトップは、一度見たら忘れる事はない。

「では、貴方には近隣の街での野菜販売をしてもらいます」

「へ？　オイラが野菜販売？」

自分の事を指差してきょとんとするゴロンガ。

予想外の内容に驚いているようだ。

「大量に生産して余った野菜を、近隣の領地の人々に売りに行くのです。出来ますか？」

「オ、オイラに出来るべか……？　そういうのやった事なんてないだよ……」

ゴロンガは乙女のようにもじもじ内股《うちまた》になり両足の膝を擦り合わせると、自信なげな顔つきで俺の事を見てきた。

なんだ？　俺に何を求めているんだ。

もしかして、激励の言葉が欲しいのか？

「ゴロンガ。お前なら出来る。もっと自分に自信を持て」

俺は左手でゴロンガの背中を強く叩きながら、右手で親指を立ててニコリと笑いかけた。

「おしっ！　旦那がそこまで言うなら頑張るだよ！　オイラ、ここ最近は手持ち無沙汰《ぶさた》で、皆の役に立ててなかったもんだから、自分だけの仕事をもらえて嬉しいだ！　魔法で役に立てない分、たっぷりと力仕事で貢献するだよ！」

ゴロンガは突然立ち上がってマッスルポーズを見せつけると、満面の笑みで喜びを表現していた。素直でよろしい。さすがは土の民で唯一のパワー系だ。ここぞという時に頼りになる。

「じゃあ決まりだな。あとはセバスチャンが荷車を作るだけだな。木材とかは用意出来そうか？」

「はい。近隣の森から木々を調達してきます」

「了解。ついでにこの前ゴロンガが石で撃ち落としてきた鳥の骨なんかも使ったらどうだ？　かなり頑丈そうに見えたし、骨組みにピッタリだろ？」

「そうですね。では、骨だけでなく、迫力のある嘴も使わせていただきます」

確かジャイアントハーピーだったたか。

中々に迫力のある骨と嘴だったし、あれを上手く使えば、印象に残りやすい荷車が作れるだろう。

「それじゃあ、販売する野菜の値段やら量やらについても、全て任せるぞ」

「ええ、お任せください」

「頼む」

セバスチャンの返事を確認した俺は、そう言い残して部屋を後にした。

パタンとドアを閉めたのに、ゴロンガの喜びの声とそれを宥めるセバスチャンの声が聞こえてくる。

まるで師弟《してい》のようだ。

本来は俺も関わるべき案件なのだろうが、まずは二人に任せてみよう。

なので、利益やら何やら詳しい事については、また追って話す事にする。

ゴロンガが圧倒的なパワー系なのが周知の事実だったおかげで、こうして話が早くまとまってくれた。

彼も喜んでいたし、どうにか軌道に乗せるよう頑張って欲しいものだ。

さて、俺の方は彼らに任せてゆっくり過ごすとしよう。


そして、セバスチャンとゴロンガに野菜販売を任せてから数日が経過した頃、俺は再び農地の地下に足を運んでいた。

理由は特にない。単純に地下を散策しているだけである。

レレーナと共に成し遂げた資金調達も終了し、それで得た大金は未だに山ほど残っているし、冒険者組が俺の知らぬところで稼いでくる大金も中々のものだ。

この前なんて、モンスターの大群を一掃したとか。

ついでにどっかの貴族の御曹司《おんぞうし》の命を助けたそうで、今のダーヴィッツ家の交友関係の狭さを理解しているライチ達は、その際に積極的に〝フローラル・ダーヴィッツ〟の名前を出してくれたらしい。

たまたまワンダとすれ違った時にそんな話をしてきたもんだから最初は驚いたが、それくらい俺に対する感謝が強いとの事で受け入れざるを得なかった。

特段、何か焦るような問題があるわけでもなく、差し迫った重要任務があるわけでもない。

メイドであるリリの持ってきた食事を食べて、ぐだぐだと寝て過ごし、たまに皆の様子を見て声をかけるという、貴族らしい生活を満喫しているのだ。

今こうして地下に足を運んだのだって、単純な散歩である。特に何も考える事なく、だだっ広い空間を歩くだけだ。

「こんな感じなんだなぁ」

地下は真白い無機質な空間だ。

なんの装飾も模様もなく、長く伸びる通路と、部屋に続く多くの扉しかない。

土の民と獣人三人、加えてライチ、そしてセバスチャンの居住スペースとなっており、大きな食堂と厨房まである。

屋敷より良さそうな雰囲気があるが、陽の光が入らない分、やや物足りなさを感じる。

だが、その代わりに光魔法を応用した魔道具の照明が、これでもかと言うほどふんだんに使われており、暗さやジメジメした感じは全くない。

「セバスチャンって凄いんだな」

「セバスさんは凄いだよ！」

俺がポツリと呟くと、いきなり背後から大男が現れた。

大男は俺の事を上から見下ろして、人の良さそうな顔でニコニコと笑っている。

「うわぁっ！　なんだ……ゴロンガか。ビックリさせるなよ」

「す、すまねぇだ。そんなつもりはなかったんだけんども……」

ゴロンガは笑みを浮かべながら言った。

「こんなところで何してるんだ？」

問いかけながらも彼の事をよく見てみると、白いタンクトップには土汚れが目立っていた。

「今日も近くの領地に野菜販売に行ってただよ！　今は帰ってきて休んでたところだよ」

「おー！　この前頼んだばかりなのにもう行ってきたのか。どうだ？　いい感じか？　成果は出たか？」

鼻息を荒くして胸を張るゴロンガに対して、俺は矢継ぎ早に質問をぶつけた。

「好評すぎて即売り切れだべぇっ！」

「凄いな！」

「てへへへへ」

俺が素直に褒めると、ゴロンガは照れくさそうに胸筋をピクピクと動かした。

意味不明だが、喜んでいるという事はすぐに分かる。

「安全に行けたか？　道中はモンスターが出たりする事もあるらしいが、危なくなかったか？」

聞いてはみたが、この辺りの街道沿いは草原なので一帯が開けており、モンスターは滅多に現れないだろう。

単なる街の移動であれば危険も少ないので、おそらく大丈夫だと思う。

基本的にモンスターが生息するのは、人気《ひとけ》のない場所に限る。ちなみに冒険者というのは、ダンジョンや人気《ひとけ》のない地帯から人里に向かって攻撃を仕掛けるモンスターを討伐する仕事だ。

「武器を持った二足歩行のトカゲに出会ったけんども、地面に落ちてる石を投げながら全力疾走で逃げたらなんとかなっただよ……あれは、中々スリリングで心臓に悪かったべ……！」

ゴロンガはわざとらしく、自身の体を抱きながら、ブルブルと身を震わせる。

カタカタと歯を鳴らして怯えているところ悪いが、それってかなり危険だったんじゃないか？

「……俺の知識が間違っていたら悪いんだが、二足歩行のトカゲってリザードマンじゃないか？ 身長二メートルくらいで、剣とか斧とか人間の武器を持っていただろ？ かなり凶暴で危険だって文献で見た事あるぞ？」

「いやいやいやいや、小石を投げつけて絶命するようなトカゲが、リザードマンなはずないだよ！ だってリザードマンはBランクモンスターだべ？ ありえねぇありえねぇ！」

ゴロンガは大口を広げて朗《ほが》らかに笑った。

この様子なら、件《くだん》のトカゲはリザードマンではなさそうだ。安心安心……とはならない。

絶対それはリザードマンだし、ゴロンガにはジャイアントハーピーを討伐した前例がある。

まあ、本人が気にしていないのでこれ以上触れないが……

「そうか……ゴロンガがそう言うなら別に俺も構わないんだが、くれぐれも油断はしないでくれ。

もし、どこかで危険を感じたなら、すぐに教えてくれよ？　その時は護衛を雇うなり、なんらかの対策をするつもりだ。いいな？」

「はいだ！」

少し真剣な口振りで言った俺の言葉に対して、彼は尚も笑みを浮かべながら元気に返事をした。

「……でも、ゴロンガ。お前って本当に戦えないのか？　実はSランク冒険者とかいうオチはないよな？」

「ないないないない、ありえないべ！　オイラは自他共に認める小心者で、最前線で戦闘に参加なんかさせられたらチビって泣き出すだよ！　出来るのはトカゲにやったみたいに、遠距離から石を投げるくらいなもんだべ」

俺が指で筋肉を突きながら聞くと、ゴロンガは二歩、三歩と後退して否定した。

冷や汗をかいているし、本当に小心者らしい。

「それに小さい傷が多いがどうしたんだ？　石を投げただけなら、トカゲにやられた訳じゃないだろ？」

近くで体を見て分かったのだが、ゴロンガの体には小さな傷がたくさんついていた。

切り傷やら青あざやら、様々だったが、どれも小さく全く重傷ではない。

「ん？　あぁ、これは作業やらなんやらで日常的に出来た傷だよ」

「治してやる」

俺は返事を待たずに回復魔法を発動し、ゴロンガの全身の傷を即座に治した。

「農作業をしている土の民は、皆こんな感じなのか？」

「んだんだ。外で作業すると、みぃーんな、どうしてもこういう傷は出来ちゃうもんだべ。わざわざ忙しいフローラルの旦那に、こんな小さい傷を治してもらうのもなぁって思って、誰も彼も放っておいてるだ」

別に小さな傷について気にする程度でもないらしいが、放っておくのもいい気はしない。

傷口を放っておけば感染症に繋がる危険性もある。俺に気を遣って治療が出来ない環境はあまり望ましくない。

「……そうか。でも、確かに今後は俺の手が回らない時もあるだろうし、遠隔で治療が出来ればいいんだがな」

毎日全員のところに出向く時間はないし、どうにかして彼らの治療を行えれば良いのだが。

「遠隔……ではねぇけんども、治療出来る方法ならあるだよ？」

「なんだ？」

ゴロンガは回復魔法以外の手段を知っているようなので、俺は聞き返す。

「これ！　ポーション！　野菜販売のお礼に、街の人から譲ってもらっただ！」

ゴロンガの手には、ポケットから取り出した小さな瓶が一つ握られていた。

ワインのように、コルクで蓋がされており、中には濁《にご》りのある薄緑色の液体が入っている。

その液体からは、ほんの僅かだが魔力を感じた。

これがポーションってやつか。

「ほー……初めて見たな。これを飲むと傷が治るのか？」

「らしいだよ？　でも、質の良い物になるとかなり高価で、大量に買うのは厳しいだ。これは下級ポーションって言ってポーションの中では一番下になるから、大量に出回っていて、比較的安いもんになるべ」

「……ポーション、ありだな。これ、もらってもいいか？」

「もちろんだよっ！」

「ありがとう。ちょっと厨房に行ってくる」

ゴロンガからポーションを譲ってもらった俺は、厨房へ向かった。

厨房と言っても屋敷の中の厨房ではなく、この地下にある厨房だ。

少々、試したい事がある。

微弱《びじゃく》とはいえ液体から魔力を感じる。

それはつまり、なんらかの方法で魔力を液体に付与する事が可能という事だ。

それは特殊な調合か、それとも外部からの単純な魔力付与か分からないが、仮に後者だった場合は、俺でもポーション作成が可能なのではないだろうか。

「……」

というわけで、正解が分からない俺は、半分ほど水を入れた鍋を火にかけていた。

なぜ火にかけているのかも、自分で分かっていない。

だが、なんとなく実験っぽい雰囲気が出るのでこれで良い。

厨房には俺一人、時間はたっぷりあるし、気兼ねなくポーションの試作に専念出来る。

「ふむ……試しに水に回復魔法をかけてみるか」

湯が沸き上がったところで、俺は立ち上る湯気の上に掌をかざすと、いつもの要領で魔力を練り上げた。

鍋の中のお湯を人間だと思い、緑色の淡い光を入れていく。

やがて、緑色の淡い光がお湯に浸透していくと、お湯は徐々に色を変え始め、十数秒経過した頃には完全な緑色になっていた。

「……ポーション、作っちゃったかも」

俺は鍋の中の液体を見ながら言った。

具体的には知らないが、色々な材料と小難しい技術が必要だと文献で見た事があったのだが……

意外にも、こんな簡単に作れるもんなんだな。

正しい方法ではないかもしれないが、おそらくこれで完成だ。

液体の色を確かめるために、透明なグラスに注ぐ。

あとはこれの効果を誰かに確かめてもらうだけだな。

「おっ、ちょうどいいところに……ワンダ！」

誰かいないかと厨房から廊下に出てみると、どこか疲れた様子のワンダの背中が見えた。黒色の耳と尻尾はよく目立つ。

それに、今日は冒険帰りなのか、背中に大きな斧を背負い、全身に黒色の防具をつけている。

「は、はい？　フローラル様……あたしに何か用っすか？」

ワンダはいきなり声をかけられて驚きつつ、同時に不安げな顔でこちらを見た。

「そんな怯えなくてもいい。俺が作ったポーションを試しに飲んで欲しいだけだ」

「ポーション？」

「おう。これだ」

厨房にワンダを連れてきた俺は、まだまだ熱を持つグラスを彼女に手渡した。

「……これ、どこで買ったんっすか⁉」

彼女はグラスを目の位置まで持っていくと、訝しげな顔でそれを眺める。

「ん？　作った」

「え？」

「たった今、作った。沸騰させる時間を含めると、多分三分くらいかな」

「ちょ……え？　あたし、あまり詳しくないっすけど、ポーション作成には色んな材料が必要っすよね？　そんなの見当たらないっすけど……」

ワンダは辺りを見回して答えた。

厨房にあるのは、火魔法を応用したコンロと鍋だけだ。

「回復魔法をお湯に付与してみたら完成した。ちなみに、こっちが下級ポーションって呼ばれてるものらしい。ワンダが持っているのが俺の作ったやつなんだが、それっぽく出来ていると思わないか？」

俺はワンダが手に持つグラスと、ゴロンガから受け取った瓶を交互に見た。

透明感や緑色の濃さは明らかな差がある。

どういった基準で下級ポーションになるのかは不明だが、外観上は俺が作成した方が優れているように見える。

「……飲んでみてもいいっすか？　ちょうどモンスターの攻撃を喰らったばかりで全身が痛いので」

「おう。飲んでみてくれ」

「い、いただくっす！」

ワンダは少し躊躇しながらも、グラスを一気に呷った。

その瞬間。彼女は垂らしていた黒くしなやかな尻尾をピンッと立てると、目を大きくかっぴらいて全身を震わせた。

「ど、どうした……？」

「あ、あ……ぁぁ……ふぅ……」

思わぬ反応に俺は声をかけるが、ワンダは次第に穏やかな顔つきになると、ごとりとグラスを置いて目一杯口角を上げた。

幸せの絶頂とでも言うような、満面の笑みだった。

「……どうだ？」

「凄いっす！　全身に染み渡るこの感じ……皆にも分けてあげたいっす」

ワンダは鼻息を荒くして興奮していた。

すっかり元気になったのか、先ほどまで身に纏っていたダウナーな雰囲気は消えている。

「お、おう……もう少し効果と味について感想をくれると助かる」

俺はたじろぎつつも、肝心の部分について聞いてみた。

「えとえと、市販のポーションは無味無臭なのに、なぜか仄《ほの》かにリンゴの香りがするから飲みやすいっす。ただ、熱いから喉ゴシはあまり良くないかなぁと。普通のお水で作れるのなら、そっちの方が良いかもっすね。まあ、無知なあたしの意見なので、ポーションの効力についてはライチさんに聞いた方がいいかもっすけど！」

ワンダは顎に手を当てて唸りつつも、分かりやすく教えてくれた。

確かにライチならその辺りに詳しいだろうし、今度機会があったら彼女に聞いてみるとしよう。

「そうか、ありがとう。俺の方でも試行錯誤してみるよ。この余ったやつは鍋ごと持っていっていいから、他の皆にもシェアしといてくれ」

「はい！　皆にあげるっす！　フローラル様、ありがとうございます！」

ワンダは片手に鍋を持つと、走って厨房から出ていった。

重そうな装備をつけているのに身軽な動きだな。

「……水で作ってみるか」

俺は別の鍋を用意して水を注ぎ込んだ。

そして今度は水の中に手を突っ込み、浸透速度を上げるイメージで行ってみる。

これでお湯の時と同じ、もしくはそれ以上のポーションが出来れば、かなり凄まじい発見となるが……どうだろうか。

「おお！」

先ほどと同じく透明なグラスに移し替えた俺は、思わず驚嘆《きょうたん》してしまった。

水から作成したポーションは、お湯から作成したものよりも遥かに優れているように見える。

その透明感と緑の美しさ、そして含有する魔力の濃度が桁違いだったからだ。

水から作成した方が手間が少なく、尚且つ効力も高そうなので、効果を実証出来れば大量生産してみるのも良いかもしれない。

「飲んでみるか」

俺はグラスを手に持ち息を吐いた。

ポーション初体験の瞬間だ。

ワンダはリンゴの香りがすると言っていたが、気になるのは味ではなくその効力だ。

今の俺は怪我や病気などは一切ない完璧な健康状態と言える。

そんな状態でポーションを飲むと、一体どうなるのだろうか？　これは一種の実験である。

「……んぐっ……んっ……ぷはぁぁぁ……!!」

俺は一気にグラスを呷ると、普通の水よりも若干ドロッとしたポーションを飲み干した。少しばかり飲みにくいが、無理やり喉を鳴らし全てを胃の中に収める。

味は確かにリンゴだ。

粘度《ねんど》が高くてドロっとして少し気持ち悪いが、一度飲んでしまえば口に残る違和感は特にない。

「ふむ……何も起きないな」

飲んで数秒経過したが、やはり健康体の人間が摂取しても特に何も起きないらしい。

拍子抜《ひょうしぬ》けだ。

これだけ濃密な魔力を体に取り込んだのだから、少しくらい変化があってもおかしくないはずなのにな……と、思った瞬間。

胸の奥が締め付けられるような感覚に襲われ、全身の血流が速くなり、体が急激に熱くなり始めた。

「ッ……ッ！」

息が出来ない。

視界が遠のくような感覚に陥り、ぼやぼやと歪んだ不気味な世界に誘われる。

だが、それと同時に、不思議なパワーが漲《みなぎ》ってくる。

これは……？

妙な違和感を抱いた俺は、拳で床を強く殴りつけていた。

深く考える余裕などは無かった。

この昂《たかぶ》るパワーをどこかに発散しなければ、この苦しみから解放されないような気がしたからだ。

やがて胸の痛みが極限まで膨《ふく》れ上がると、俺は膝をついた。

「――フーくん！　どうしたのですか⁉」

俺が胸を抑えて蹲っていたその時だった。

厨房にライチが現れた。

彼女は俺の背中を摩って心配そうに顔を覗き込んでくる。

「だ、だい……じょうぶだ。少し、立ちくらみがしただけだ……はぁはぁ……」

俺は呼吸を荒くしながらも強がって返答する。

苦しい……もう死ぬかも……

俺は死を覚悟して強く瞳を閉じた。

しかし、それからすぐの事だった。

なんの前触れもなく胸の痛みが引いていくと、何をするでもなく意識は正常に戻り、つい先ほどまでの苦しみはすっかり消え失せていた。

最初から痛みなどなかったかのような感覚だ。

「……なんだったんだ……？」

疑問を口にしたが、その原因は言わずとも理解していた。

先ほど飲んだ手作りポーションに決まっている。

「フ、フーくん……大丈夫ですか？」

「問題ない……と言いたいところだが、こいつはちょっと市場には出せないな」

尚も心配そうなライチに言葉を返すと、俺は鍋いっぱいに入れられた緑色の液体へと視線を向ける。

「先ほど嬉々《きき》とした様子のワンダに見せてもらったポーションとは違うようですが？　色も濃度も、含有している魔力量も、市場に出回るどのポーションよりも凄まじいですよ。これはフーくんが作ったものですか？」

「まあ……ポーションと呼ぶには危険すぎるがな。飲んだ瞬間にアドレナリンがドバドバ溢れ出て全身が震えたぞ。胸の奥に激痛が走ったし、自分のものとは思えない力も漲ってきた。どうしてかだろう？」

ライチは鍋に鼻を近づけてポーションの匂いを嗅いだ後に、自身の人差し指を液体に付けると、それを長い舌でペロリと舐め取った。

手慣れた様子でやるもんだから、やっぱりライチは冒険者なんだと実感する。

同時に、妙にセクシーで、見惚れてしまう自分もいた。

「……おそらく、大量の魔力を含有したポーションを、体に異常が見られない状態で飲んだからでしょう。それと、大量の魔力を一気に摂取したせいで中毒を起こした可能性があります。アルコールと同じで、慣れていないとこうなるのは当然の結果ですね。これは濃すぎますから、水で薄めるのが良いかと」

「……えーっと、つまりどういう事だ？　水で薄めれば適切な効果を発揮出来るって事か？」

俺は彼女から視線を逸らして聞いた。

「はい。高品質で最高級のポーションが大量生産可能という事です。ボク達も、ちょうどポーションが欲しいと思っていたので……フーくんさえよろしければ、作成してくれると助かります。これがあれば冒険も捗りますしね」

「よし！　そういう事なら任せてくれ」

これを大量生産して、販売する事が出来れば、ダーヴィッツ家の安定した収入源となりうるだろう。

俺の魔力は無尽蔵で、いくらでも生産可能なので、安価で販売すれば怪我や疲労に悩まされる人々を多く救えるかもしれない。

「お願いします」

ライチはぺこりと頭を下げると同時に、俺の足元に視線を移した。

「ん？」

釣られて俺も足元を確認すると、そこには拳サイズの陥没痕《かんぼつこん》があり、その周りがズタボロに砕けていた。

「……謎のパワーが漲ったんだよ。しょうがないだろ？」

俺は少し赤くなった自分の右手を見ながら答えた。

とにかく力を発散しなければと、確かに床を全力で殴りつけた記憶がある。

自分がやったとは思えない圧倒的なパワーに驚くが、今はすっかり元に戻っているので、全てはポーションのせいだろう。

「フーくんの莫大な魔力を含んだポーションですから、水で薄めても似たような効果を得られるかもしれませんね。上手く使えば、付与魔法のように身体能力を向上させる事が可能かも……」

「え？　それって回復魔法の効果と付与魔法の効果を同時に得られるって事か？」

付与魔法には様々な効果がある。魔力量の増加や筋力増加、速度増加などなど……どれも一時的なものではあるが、かなり有用な魔法として知られている。

「はい。なので、ポーションを作り終えたら教えてください。ボクの方で上手く薄めて、効力を調節してみます。通常のものと同じく、下級、中級、上級、最上級で組分けして、品質に応じて価格を決めましょう」

「じゃあ、俺は小分け用の容器を調達してから作業に取りかかるよ。一週間以内にはなんとかなると思うが、それでいいか？」

調達は全てゴロンガに頼むとしよう。下級ポーションは他の領地から譲ってもらったと話していたし、野菜と物々交換して空の瓶をゲット出来るかもしれない。

「はい。くれぐれも試飲しないでくださいね？　今度は床じゃなくて壁や扉を壊しちゃうかもしれませんから」

ライチは口元を手で隠しながら、いたずらな笑みを浮かべた。

「分かってるよ」

「では、また。これはボクが預かっておきます」

そう言って鍋を手に持ったライチは、クールな雰囲気を纏いながら厨房を後にしたのだが、感情が昂った太い尻尾は、ぶんぶんと勢い良く振られていた。

そして、立ち去ってすぐに楽しそうな鼻歌が微かに聞こえてきた。

それは間違いなくライチが歌っているものだった。

ポーションを手に入れた喜びからだろうか。

「……子供だな」

俺は思わず笑みをこぼしながらも、一人で後片付けをするのだった。

申し訳ないが、床はセバスチャンに直してもらおう。他に方法がなかったのだ。仕方がない。


それから数週間後。

俺はライチと共に完璧なポーションを完成させていた。

サクサクと作成と調整をし、かなり納得のいくものに仕上がっていた。

ライチ曰く、市場に出回るどのポーションよりも回復効果が高く、それでいて魔力に体が侵されにくい濃度に上手く留めているという。市場に出回れば既存の全てのポーションを排除出来るレベルだそうだ。

まあ、他の領地で販売する際には、値段などは調整する予定だ。

さすがに安易に外に出していいものでもないらしい。市場の競争を破壊する恐れがあるからだ。

そして今日は、それを初めてお披露目する日である。

俺はゴロンガを正門前に呼び出すと、彼に一つ仕事の依頼をした。

「え!?　このポーションの山を領民に無償で配布するだか？　これってオイラがもらってきた小瓶に詰めたものだべな？」

ゴロンガはギョッと目を見開いて驚いていた。

それもそのはず、セバスチャンお手製である彼専用の巨大すぎる荷車には、これでもかとポーションが積み込まれていたからだ。

その数およそ二千本。

領民は千人もいないなので、一人当たり少なくとも二本は手に入る計算だ。

「おう。ゴロンガのセールス力を駆使して配布してきてくれ」

「そ、それは別に構わないんだけんども……さすがにもったいなくないべか？　ライチ嬢にチラッと聞いたけんども……これってかなりの値がつくって……」

「俺は当主になってから領民には何もしてやれてないからな。これくらいは当然だし、今後もそのスタンスを変えるつもりはない」

今後も領民への配布でお金を取る予定は全くない。

怪我や病気を無料で治癒出来るのなら、それに越した事はないからだ。

「他の領地でも売らないんだべか？」

「いや、そのうち販売予定だが、まだ先になると思う。お金も優先したいことではあるが、それでも俺が優先すべきなのは領民の生活だ」

適正な価格設定等もまだまだ定まっていないので、まずはそれらを定める必要がある。

さらに、ゴロンガ一人では知識が足りなすぎるので、もしも販売をするのならポーション関連の知識がある者と一緒に行動させたいところだ。

他の領地で足元を見られたらたまったもんじゃないからな。

「おお……目先の財にとらわれて、真っ先に金儲けに走ろうとしていた自分の考えが馬鹿みたいに思えるだよ……！」

「自分を卑下するな。そうだ、ポーションを配るにあたって一つだけ条件がある」

感動しているゴロンガを見据えながら、俺は至って冷静に話を続ける。

「条件？」

「ああ。しばらくは長時間この屋敷を不在にする事は避けて欲しい」

見た目に反して臆病な彼に真実を告げたら従ってくれなそうなので、俺は言葉を選びつつも、頭の中で適当な理由を考える。

「どうしてだべ？　オイラ的には、なるべく街に留まってたくさん配るのがベストだと思うんだけんども」

「確かに一理あるな。だが、まだまだ始めたばかりの段階で張り切りすぎるのは良くないって事だ。外出するのは構わないが、頻繁に、屋敷に顔を出して欲しいんだ。お前の安全と健康状態の確認も含めてな。分かったか？」

本当の理由は全く別にあったが、俺はゴロンガに寄り添うようにして分厚い胴体に手を置き、優しく語りかけるようにして言葉を紡いだ。

「うぅ……やっぱり、フローラルの旦那は領民を思う素晴らしい人物だべ！　オイラ、全力で配布してくるから待っててけろ！」

ゴロンガは目を潤ませながらも、ビシッと敬礼をして筋肉に血管を走らせると、荷車を引いて走り去っていった。

荷車は例のモンスターの骨を使っており、鋭利な嘴は堂々と先頭に据えられている。

黒い塗装も相まって、中々に怖い見た目だ。だが、それくらいがいい。一人で荷車を引いて野菜やポーションを販売するのだから、甘く見られてはいけない。

「おう、気をつけるんだぞー……あっ！　大量摂取によるアドレナリンの分泌の説明だけは忘れるなよ！　一気飲みする人がいたら注意してくれよ！　いきなりあんな症状が出たらみんな不安になるからなー!?」

「いってくるべぇー！」

俺の言葉は聞こえていたのだろうか、ゴロンガは黒塗りの荷車を引きつつも、こちらに目をやり、親指まで立てていたので大丈夫だろう。

それにしても、速い。あまりにも速い。あんな巨大な荷車に大量のポーションが積まれているというのに、どうしてあんなスピードが出るのだろうか。

それなのに、戦闘は出来ないから、少し残念になる。

あれで戦う事が出来れば、間違いなく武の頂点になれたと、素人ながら思う。

だが、そんな彼が万が一の事態の際の頼みの綱である。

「……これでハンズが襲撃してきてもなんとかなりそうだな」

俺は小さくなっていくゴロンガの背中を見ながら呟いた。

俺がゴロンガに屋敷から離れないように告げた本当の理由は、近いうちにまた屋敷に現れるであろうハンズへの対策をするためだ。

ミストレード侯爵の遣いとしてやってきた騎士の男が、あれほどの敗北を味わって諦めるわけがない。

きっと、また俺の元にやってくるだろう。

そのために、ゴロンガにはなるべく屋敷周辺に留まってもらい、すぐに駆けつけられるようにしておく必要があった。

「……何も起こらないのが一番だけどな」

俺は小さなため息を吐くと、屋敷の中へ戻ったのだった。

この後は特にやる事がない。

メアリーはリリと共にメイド業務に追われているし、セバスチャンは俺が破壊してしまった床を修繕《しゅうぜん》してくれている。申し訳ない限りだ。

ライチはここ数週間はポーション作りで篭ってばかりだったからか、今日は鬱憤《うっぷん》を晴らすかのように、朝から冒険に向かっていた。

ワンダ達三人の成長を見守るのも楽しいようだ。

良かった良かった。

レレーナは近いうちに二回目のお宝販売会が開催出来そうという話をしていたので、きっと部屋に篭っているだろう。

あれから、父の書斎はすっかりレレーナの部屋になっているが、あそこには父が様々な領主や貴族とやり取りをした手紙などの記録が残されているはずだ。

先のミストレード侯爵と遣いの騎士ハンズの件もあるし、入念に調べておいた方が良いだろう。

「さて、レレーナはいるかな？」

レレーナの部屋、もとい父の書斎の扉は半分ほど開いていた。

中は静かで何かをしている様子はない。

もしかしたらまだ眠っているかもしれないので、俺は静かに足を踏み入れた。

「……」

部屋に入り中を見回すと、すぐに色々な変化に気がついた。

以前、ここに来た時と部屋の雰囲気がまるで違う。

壁一面に本棚があるのは変わらないが、部屋の中心にはデカいベッドがあった。

よくよく見ると、布団は小さく膨らんでいる。

ベッドの右手奥には扉があり、そこが例の隠し部屋だ。

父が大量のへそくりを溜め込んでいた場所である。

「レレーナは……寝てるのか」

俺は部屋の中を見回しながら進むと、ベッドで気持ちよさそうに眠っているレレーナを見つけた。

布団の膨らみの正体はレレーナだった。

すぅすぅと静かな寝息を立てていて安らかな表情だが、閉じた瞼《まぶた》の上に縦に入った深い傷が痛々しい。普段は黒い布を巻いているから分からなかったが、こうして見ると中々心苦しくなる。

傷の具合的に、何者かに刃物で斬り裂かれたものと見て間違いないだろう。

「……」

痛々しい傷痕は別として、彼女の寝顔は綺麗で、部屋の中も綺麗に整えられていた。

だいぶ前に来た時は、床に散らばっていたお宝や無数の本が、今では片付けられている。

本棚に並ぶ本の向きや場所がバラバラなのは、レレーナが一生懸命片付けた証だろう。

「……さて、ミストレード侯爵とのやりとりはあるかなぁ」

俺はレレーナを起こさないように、静かな足取りで、窓際にある大きなデスクに向かうと、下から順に引き出しを開けていき中を確認していった。

ハンズと一悶着あった時のセバスチャンの口ぶりから、父とは面識があったに違いない。

もしかすると手紙でやりとりをしていたかもしれないし、向こうからの手紙は捨てずに残しておいても不思議ではないのだ。へそくりまみれで少々悪どい父だが、マメな人物だったので、きっとどこかに保管しているはずだ。

「あった」

そして見つけた。

一番上の引き出しの奥に、それらしい封筒が一つだけあった。一度ぐしゃぐしゃに丸めてから元に戻したのか、全体的に深い皺が刻み込まれている。

他にそれらしきものはないので、とりあえず中身を確認してみる事にした。

『貧乏人の旧友　ダーヴィッツくんへ』と封筒には記されている。

旧友という事は、父とは貴族としてだけでなく、昔からなんらかの関係があったという事か？

「ふむ……文面だけで性根《しょうね》が腐ったやつなのは分かる」

手紙に目を通すと、短い内容だったが、そこにはミストレード侯爵の性格の悪さが溢れ出ていた。

『ごきげんよう　貧乏貴族のダーヴィッツくん。リッチな吾輩は美しき女どもを集めて、食事を楽しんでいる最中である。近々、モンスター討伐に赴くため、栄養補給が欠かせないのだ。貧乏人には分からないだろうが、従者に食べさせてもらう食事はなんとも格別である。用件は特にないのだが、君が権威に負けてヘコヘコしている姿を一度拝みたいので、この手紙を見たらすぐに返信するように。でなければ吾輩のレイピアが、君のところの領民の胸を貫く事になる。精々、吾輩を手紙で楽しませたまえ！　P．S．近いうちにパーティを催す予定である。もちろん参加するだろう？』

「……父上はかなり大変な思いをしていたんだな」

脅しとも取れる手紙の内容だった。

父は相当いびられて、メンタルがやられていたかと思ったが、手紙の空白部分には『飯くらい自分の手で食え、馬鹿ヤローが！　お前なんか大嫌いだ！』という殴り書きがあり、それは確かに父の筆跡だった。

もっともな意見でつい、くすりと笑ってしまう。

「面倒な相手なのは確実だな……」

侯爵だから従わないといけないし、モンスター討伐に自ら赴くという事は、それなりに腕に自信があるのだろう。

領民の命と自身のプライドを天秤《てんびん》にかければ、父がプライドを捨ててまで返信するのも当然と言える。

まあ、野放しにした結果、何も知らない俺にまで被害が来てるわけだが。

これを知っていれば、俺も少しは対応を考えたのだが……これまでの行いは少々失敗だったかもしれない。色々とやらかしている気がする。

ミストレード侯爵のものと思われるジャイアントハーピーを討伐したり、モンスターが蔓延《はびこ》る小さな森を焼いたり、手紙を無視したり……思い返してみれば、印象は明らかに良くないだろう。

「この前、ハンズを追い返したのは、余計にまずかったかもなぁ」

セバスチャンが嫌そうな顔をしてた原因はここにあったわけだ。

今後、ミストレード侯爵が何かしらのアクションを起こしてくる可能性は高い。

武力を行使されたらたまったもんじゃないので、どうにか穏便に済ませる方法を模索するとしよう。

ミストレード侯爵についての理解を深めた俺は手紙を引き出しに戻すと、レレーナが起きる前に部屋から退散する事にした。

しかし、その時だった。

ミストレード侯爵の事で頭がいっぱいになっていた俺は、デスクの脚に膝をぶつけてしまい、ガタンッと大きな音を鳴らしてしまった。

当然、そんな音を鳴らしてしまったので、レレーナが目を覚ます。

「――誰⁉　誰かいるの⁉」

彼女は焦りを含んだ声を上げると、上体を起こしていた。

「俺だ」

「その声……フローラル？」

俺の声を聞いたレレーナは胸に手を当てると、すぐさま落ち着きを取り戻す。

「ああ。ちょっと調べ物があったもんだから、勝手に入らせてもらった。驚かせてしまったな」

「フローラルなら大丈夫。でも、知らない人かと思って怖かった」

目が見えない彼女にとっては、音と匂い、そして気配が世界を知る手段となる。

無音で忍び込まれたら怖がるのは当たり前の話だった。

全面的に俺が悪い。

「すまない」

「ううん。それで、何を調べてたの？」

俺が素直に謝ると、レレーナはベッドから出てこちらにやってきた。

「強欲で意地悪な侯爵様の事を調べてた。この前の騎士が仕える領主って言ったほうが分かりやすいか？」

「あ、心が暗い灰色だった人？」

「うちにその心の色を持った人間がいないのなら、それで間違いない」

「あれは悪人。きっとまたやってくる」

「暗い灰色っていうのは、やっぱりあんまり良くないのか？」

俺が聞くと、レレーナは小さく頷いてからゆっくりと説明する。

「色には種類と明暗があって、組み合わせで性格が分かる。例えば、メアリーとセバスチャンさんが持つ透き通った紫色はエレガントで大人。リリの明るい赤色は情熱的で活発。ライチの明るい黄色は、素直で純真。言い方を変えるなら子供。でも、見た目は大人だから困惑する」

「え？　心の色だけで見た目も分かるのか？」

「ううん。ライチとお風呂に入った事があるんだけど、その時に格の違いを知っただけ」

レレーナは自身の胸の辺りに手を当てると、ぼそぼそと小さな声で囁《ささや》くように言った。

首を傾げている。

「あ、そういう事……じゃあ、俺の心は何色なんだ？」

俺が聞くと、彼女は少し不貞腐《ふてくさ》れたように頬を膨らませた。

「むぅ……忘れたの？　前も言ったけど、フローラルは清くて全く澱みのない白色。こんな綺麗な人は初めて見たから、最初は驚いた。なんでこんな人がリリを殺したんだろうって。でも、勘違いだった。フローラルは優しい。目が見えない私と対等に接してくれるし」

「対等って……当たり前だろ？」

「その当たり前が一番難しかったりする。リリもライチも今は優しいけど、最初に会った時はやっぱりよそよそしい感じだった。でも、フローラルは初めて会った時から私の目が見えてないって分かっていながら、治療を無理強いするわけでもなく普通に接してくれた」

「……そ、そうか。褒められてるんだよな？」

「うん」

「よく分かんないな」

「無意識にやるからますます興味が湧く」

レレーナは満足そうに頷くと、俺の右手を自身の小さい両手で包み込むようにして握った。

「え？」

その言葉と態度に思わず声を上げるが、彼女は止まる事なく言葉を続ける。

「顔、見てみたい。フローラルはどんな人なの？」

「俺か？　父譲りのそこそこ綺麗な銀髪ではあるが、代わりに三男らしい冴えない顔つきだよ。見た目と体形も、特徴のない、至って普通の男だ」

「言葉じゃイメージ出来ない」

「その瞳を治せば解決だ」

回復魔法一つで問題は全て解決する。

俺の顔も見る事が出来るし、今後は急な来客に驚かずに済む。

「……それはそう。でも、やっぱり私は怖い」

「どういう意味だ？」

レレーナは俺の手を握る力を強めた。

子供らしい温かく柔らかい手でぎゅっと握りしめる。

「今の暗闇の世界に慣れすぎて、外の世界に触れるのが怖い。私の目は他の人とは違うらしいから、皆と目が合った瞬間、逃げられちゃうんじゃないかって心配になる。だから、今は治す必要はない。フローラルの顔は気になるけど……我慢する。でも、治して欲しいって時は言うから、その時はお願い」

俯くレレーナは悩ましそうな言い方をした。

どこか寂しさも孕んでおり、かける言葉が思いつかない。

だが、何か過去に治したくなくなるような出来事があったのなら、話を聞いて解決してあげたい。

そう考えた俺は、普段であれば躊躇するような踏み込んだ質問をする事にした。

「その目は、誰かに意図的にやられたものなのか？」

「……うん。覚えてないけど、物心つく前に、悪い貴族にナイフで眼球ごと切られたって奴隷商に聞いた。理由は、私の目は全てを見透かしてるみたいで気持ち悪いから、だって。それからすぐに人の心の色とお宝の価値が見て分かるようになった。理由は分からないけど、目を失ったからこそなんだと思う」

レレーナは悲しげな声色を変える事なく、ぽつぽつと言葉を紡いだ。

最後に儚げな笑みを浮かべると、こちらに顔を向けてさらに言葉を続ける。

「……もしも目を治して、お宝の価値を見る力が無くなっちゃったらどうしようって不安になる。目が見えるようになれば、この力がさらに進化する可能性もあるのに、私は失うのが怖くてその一歩を踏み出せない。だって、私の生きる術はそれしかないから……」

レレーナがそんな思いを抱えていたなんて俺は知らなかった。確かに少し無愛想でぶっきらぼうだが、ネガティブで悲観的なイメージはあまりなかった。

「そんな事はないんじゃないか？　今持っているものを失ったのなら、今度はまた別の新しい〝何か〟を探せばいい。色々と挑戦しないと、分からない事もたくさんあるんだぞ？　俺だって父上に勧められた剣術やら攻撃魔法の特訓やらが全く上手くいかなくて、たまたま回復魔法を試してみたら才能がある事に気がついたんだ。最初から何もかもを理解して生きてる人間なんて一人もいないんだから、あまり自分の生き方を限定させるな」

慰めになるか分からないが、俺は自身の過去を交えながら、レレーナに優しく語りかけた。

もしも仮に、レレーナの目が治ると同時に今の力を全て失ったとしても、俺は決して見放す事はしないし、むしろ積極的に彼女の力になってあげたいと思っている。

「……」

「悪いな。あまり参考にならなかったかもしれないが、俺の言葉でちょっとでも治療したいと思ったのなら、いつでもいいから気軽に教えてくれ」

俺は無言で口を真一文字に閉じたレレーナの頭を撫でた。

「うん。ありがとう。たくさん話したらお腹空いた。リリに何か作ってもらおうかな」

彼女は少しくすぐったそうに頬を緩めると、俺の手を引いて歩き始めた。

俺は何も言わずに彼女に引かれるがままについていく。

外の世界が怖いなんて一度たりとも考えた事はないが、物心がつく前からずっと先の見えない暗闇に幽閉されている彼女からすれば、そんな俺の思考は理解出来ないのかもしれない。

とにかく、ひょんな事からレレーナの過去を知る事が出来て良かった。

いつか、治してあげたいな。

第六章　領民達の反乱

レレーナの過去を知った日から数週間が経過したある日。

俺は何やら騒がしい声で目が覚めた。

最近はポーション作りやミストレード侯爵の調査のために夜更かしを続けているので、こうして早朝に起こされるのは中々に辛い。

「……なんだ？　何か起きたのか？」

恐る恐る窓から外を眺めてみると、なんと屋敷の周りに、領民達が殺到《さっとう》していた。

皆が手にポーションの空き瓶を持っており、何やら大きな声を上げている。

明らかに穏やかな様子ではない。

ライチと二人で入念に効力の調節を行なったつもりだったが、もしや何か危険な成分でも含まれていたのだろうか。

そうなるとまずい。領民が怒り狂うのも納得だ。

「——フローラル様、もう起きておられますか？」

嫌な予感に頭を抱えていると、扉がノックされ、メアリーの声が聞こえてきた。

「入ってくれ」

俺が入室を促すと、彼女は部屋に入り、俺の隣に立って窓から外の様子を確認する。

じっと目を細めると、考え込むような表情に変わる。

「メアリー、これは一体どういう状況だ」

俺は何が起こっているのかをメアリーに尋ねた。

「ワタシにも詳細は分かりかねますが、彼らはフローラル様と話がしたいそうです。失礼ですが、何かやらかした記憶はございますか？　彼らの持っている瓶を見るに、おそらく夜な夜な大量に生産し、領民に配り続けていたポーションの関係かと思われますが……」

メアリーは少し気まずそうな口振りだった。

俺が夜更かしをして厨房に篭り、大鍋で大量のポーションを生産していた事を、屋敷を知り尽くす彼女はもちろん把握している。

「……早計だったかもしれないな」

自分の行いを悔やみつつも、俺はここ数週間の行動を思い返した。

初日。二千本を超えるポーションを領民に配った。

翌日。ゴロンガからの要望もあり、追加で二千本ほど配った。

そのまた次の日には、ライチの提案通り、効力の強弱で段階を分けて、こちらも合計二千本ほど配った。

毎回毎回、ゴロンガが空っぽの荷台を引いて僅か数時間で帰ってくるものだから、俺も調子に乗って大量に生産してしまった。

空になった荷車を引いて帰ってくるゴロンガの満面の笑みが脳裏に浮かぶ。

「旦那！　今回も一瞬で配れたべ！　オイラ的にはもっと配布した方が、領民のためになると思うだよ！　皆にこの凄さを体感して欲しいから頼むだ！　一日の労働を忘れられるくらいに疲労が回復するらしいべ！」

そんな嬉しそうなゴロンガの言葉に、ついつい良い気分になってしまった。

まさか、把握していない副作用でも出たか？

いや、実際に試飲してもらったゴロンガとライチ率いる冒険者組からは、一度としてそんな話は聞いていない。

それどころか、味も良く飲みやすい、尚且つ効果も絶大で凄いと褒めちぎってくれていた。

俺は一度濃厚すぎるポーションを飲んで、副作用が現れたが、健康な状態で高濃度のポーションを飲んだからと理由はハッキリしている。

とにかく、話を聞く必要があるな。

「メアリー、俺が直接話を聞いてくる」

俺は部屋着の上から大きなローブを羽織り、窓ガラスを鏡代わりにして身なりを整えた。

「今はリリが鎮圧を試みていますが、正直どうにもならない状況です。武器などは所持していないようですが、どうかお気をつけください。ワタシはここの窓から怪しい人物がいないか観視していきます。何かあったらすぐに駆けつけますので」

「ああ、頼んだ」

俺は頭を下げるメアリーに言って部屋を後にした。

さて、どうしたもんかな。とにかく向こうの言い分と用件を聞いた上で、誠意を持って対応しないといけない。

話し合いでなんとかなれば良いのだが、再建途中のダーヴィッツ家がここで領民に見放されてしまうのはよろしくない。

「……はぁぁぁぁ……」

先の事を考えなかった情けない自分にため息がこぼれた。

俺は部屋から廊下に出て、長い廊下を歩き、階段を下り、一階に向かう。

徐々に外との距離が近づいていくと、正門に集まる群衆の声がより一層大きく聞こえてくる。

そして、屋敷から外へと続く扉の前にやってきた俺は、疲労困憊といった様子のリリを見つけた。

「リリ」

「ご、ご主人様ぁ……どうにかしてよ……もう、私じゃ手に負えなくて……」

リリはふらふらとした足取りでこちらに近づいてくると、すっかり脱力して俺の体にもたれかかってきた。

俺の背中に手を回して弱々しい力でホールドしてくるが、胸の辺りに顔を埋めているため表情は確認出来ない。

「どんな感じだ？」

俺は平静を保って尋ねた。

「えと、領主様を出せぇ！　って言って、誰も話を聞いてくれないのよ。例のポーションの事で何か言いたい事があるみたいなんだけど……」

リリは頭だけ動かしてこちらを見上げると、眉を顰《ひそ》めて困り果てていた。

「やはりポーション関係か……分かった。俺が話をつけるからリリはここで待っていてくれ」

「う、うん。気をつけてね？」

「ああ。危険だからリリは中に入っていてくれ」

俺はリリの肩に手を置いて彼女を優しく押して離すと、俯き不満そうな顔をしている彼女に中に入っているように促す。

「……ごめんなさい、役に立てなくて」

「気にするな」

俺はそれだけ返すと、外へと続く大きな扉を開けた。

実に面倒な事になったな。ポーション関連ならゴロンガがいてくれれば、色々と話を聞けたのだが。

「……さて、行くか」

一つ息を吐いて覚悟を決めて、外へと踏み出す。

すると、すぐに群衆の声がダイレクトに響いてきた。

正門及び屋敷の外周にはグルリと柵が設置してあるので、広い表の庭には侵入してきていないが、柵の向こうには、ポーションの空の瓶を手にした領民達がわんさかと待ち構えていた。

「領主様だ！」

「第三子息のフローラル様だぞ！」

「フローラル様！　どうか話を聞いてください！　これは異常事態なんです！」

「オレ達は黙っていられんぞ！」

俺の姿を見た彼らは次々に声を荒らげていた。

異常事態……耳を塞ぎたくなるな。

とうとう俺の安直な行動のツケが回ってきたか？

現実から目を背けたくなったが、俺は柵を挟んで彼らの前に立つと、一つ礼をしてから口を開いた。

「遅くなってしまい大変申し訳ない。俺はフローラル・ダーヴィッツだ。わざわざ足を運んでまで伝えたい用件というのは、おそらく俺が配布したポーションの事だろう？」

「そうです！　フローラル様、あのポーションは異常です！」

俺が大きな声で問いかけると、群衆の中央から小柄な少年が、人混みをかき分けてスルッと現れた。

小柄な少年の身長はレレーナと同じくらいに見えるので、多分十歳やそこらだと思う。

派手な金髪が特徴的な少年で、年齢に似つかわしくない全身真っ白なダブルスーツを着ており、胸元には『ベンの薬屋』と印字がある。

左右の手には、中身が入った瓶と空の瓶が一つずつ強く握られていた。

「……君が代表者か？」

俺は少年に尋ねた。

彼の出で立ちと胸元の印字からして、もしかすると薬やポーションに精通した領民なのかもしれないな。

「はい。僕はスモーラータウンで唯一の薬屋を営んでいるベンと言います。日頃は街の人々の治療や診断、ポーションや薬草の販売を行っておりますが、領主様の遣いの方がお配りになった毒入りポーションのせいで皆が苦しんでいるのです！」

ベンと名乗った少年は、恨めしそうな瞳でこちらを見つめながら言うと、最後には大袈裟な動きでビシッと指を差してきた。

「毒だと？　詳しく聞かせてくれ」

毒が混入するとは考えにくいが、俺はベンに詳細を尋ねた。

薬屋である彼は、いわば専門家。

そんな彼が代表者という事は、やはりポーションによってなんらかの問題が生じたに違いない。

「まず、このポーションは僕が日頃より取り扱っている一般的なポーションよりも遥かに優れていますが、誰がお作りになったのでしょうか？」

ベンは俺にポーション入りの瓶を突きつけてくると、訝しげな視線をこちらに向けてくる。

同時に群衆もワーワーと騒ぎ立て、怒り交じりの声を上げる。

「全て俺が作成した。発案だけでなく、大量に生産して配布したのも俺の判断だ」

隠す事でもないので俺は即答した。

「え？」

呆然として目を丸くするベン。群衆も同様で、俺の言葉を聞いて途端に静かになる。

「もちろん優秀な仲間の手を借りはしたが、そのポーション自体を作成したのは俺に他ならない」

変わらず呆然とするベンに向かって、俺は間髪容れずに言葉を発していく。

ライチやゴロンガに協力してもらったが、ポーションそのものに問題があるのだとすれば俺の責任に他ならないので、しっかりとそこを強調する。

主導した者として、彼らに責任転嫁をするのは許されないのだ。

「嘘もほどほどにしてください。こんな高品質の最上級ポーションを、あれほど大量に供給するなんて不可能です」

「俺は嘘はついていない」

俺はベンの目を見ながら、はっきりと答えた。

領民達は知らないだろうが、そもそも現状のダーヴィッツ家に、そんな高価なポーションを仕入れる余裕など全くない。故に自家生産するしかないのだ。

「……これを飲めば、たちまち全身の傷という傷が治り、消耗《しょうもう》した魔力すら回復します。加えて、仄かに香るリンゴ風味は口当たりも良い。市場に出回る従来のポーションより、遥かに高レベルです。作成者であれば、それはご存じですよね？」

「ああ」

当初は凄まじい量の魔力を含有してしまっていたので、ライチの意見を参考に濃度を調節してみた。

それに、効力については俺が保証する。

リンゴ風味についてはなぜそうなったか分からないが、ライチや冒険者組の獣人達からも好評だったので、そのままにしている。

「貴方様が作成したという事で間違いなさそうですね。であれば、飲み干した瞬間に現れる多くの症状についてはどう説明しますか？　幸い、死人は出ていませんが、それらの原因について分からない以上、黙っていられません！」

ベンはこちらにビシッと左右に持つ二つの瓶を突きつけてきた。

「ふむ……飲んだ後に現れるという症状が、君達の言う毒によるものというわけか？」

毒が混入しているとあれば、とんでもない事態だ。

もしも今後死者が出れば、俺が領民を殺めた事になってしまう。怒り心頭の領民達を収めるには、ここでしっかりと向き合う必要がある。

「はい。主に軽傷者に現れる症状ですが、ポーションを飲んだ瞬間、胸の辺りに温かみが宿り、血液の循環速度が上がり脈と鼓動も速くなります。数分経てば症状は消えるのですが、その間は妙な息苦しさがあり、えも言われぬ力が全身に漲るそうです。その解消方法については、僕には分かりませんでした。貴方様なら何か知っているのでは？　もし、我々の命を軽んじて毒入りポーションを配布したのなら、立派な殺人行為ですよ!?」

ベンが険しい面持ちで述べ、まるで領民達を煽るようにして、言葉を締《し》め括《くく》った。

ベンに感化された領民達は、彼に続くようにして怒声を上げた。

胸の辺りの温かみと血液循環と鼓動の速度上昇、加えて全身に漲る妙な力……答えは簡単だな。

「なるほどな」

症状の概要について聞いた俺は、すぐにピンときていた。

ポーションを飲んだ際に現れるこの症状は至って正常なものだからだ。

それにしても、なぜ薬やポーションの知識を持つ薬屋の少年——ベンがそんな基礎的な知識を知らないのかは疑問だな。

程度の差はあれど、市販のポーションでも、健康な人間が摂取すれば、同様の症状は起こるそうだし。

過剰な魔力の摂取による体の容態の変化については、冒険者をしていたライチも知っていた……

それに、なぜこうも皆揃ってベンの言葉を信じているのだろうか。

まるで誰かに入れ知恵でもされたかのように統率が取れている。皆が俺を悪者だと思って疑わない顔つきである。

まあ、それはそれとして今は弁明しなければ本当に悪者になってしまいそうだな。

俺は一つ息を吐いてから言葉を紡いでいく。

「俺が作成したポーションは、効力が高い代わりに大量の魔力が含まれている。そのせいで怪我も病気も全くない健康体の人間や、軽傷者がポーションを一気に飲んでしまうと、体内に過剰に魔力が供給され、アドレナリンが分泌されるんだ。つまり、一種の興奮剤というわけだ。意図せずテンションが昂り、妙な力が湧き出てくるのはそのせいだな」

「……解消方法は？」

「力を発散するか、数分間だけは何もせず我慢するしかないが、命への影響はない」

なぜ今さらになって、俺はそんな基礎的な事を説明しているのだろうか。

配布を任せたゴロンガには、この説明を忘れるなと伝えていたはずだ。

てっきり領民達に説明した上で配布していると思っていたが、あいつめ、さては、まともな説明を忘れて適当に配ったな。

「はぁぁぁぁ……とにかく、このポーションに異常は確認されていない。それに、症状が現れるのは、健康体の人間と軽傷者が最も濃度の高いポーションを一気飲みした場合だけだ。説明が行き届いてなかったのであれば謝罪しよう。申し訳なかった」

ゴロンガに呆れて大きなため息を吐いた俺は、謝罪して頭を下げた。

説明が足りなかった事で、勘違いをされてしまった。

やましい事など何もなく、ただ俺は領民を思って行動したに過ぎないのに。

「それじゃあ……このポーションは優秀すぎる最高の回復薬じゃないですか⁉」

ベンはまるで檻《おり》の中にいる罪人のように柵にしがみつく。

これまでは、どこかわざとらしく大袈裟な口振りと身振りだったが、今回に関してはその迫真の表情が本気さを物語っていた。

「そういう事になるな」

「そんなぁ……上級ポーションの中に毒が混入していると認められれば、売り上げがゼロになった僕のお店も復活出来たのに……」

「それは……考えが及ばず、すまない」

ベンは力なくその場に座り込むと、目を潤ませてポツリと呟いた。

同時に領民達も自身の勘違いに気がついたのか、それとも俺の説明に納得してくれたのか、ざわざわと俺への詫びを口にし始めた。

「納得してくれたか？」

俺は膝を抱えて座り込むベンを見下ろしながら尋ねた。

「……それについてはもういいです。だけど一つだけ疑問があります。なぜ、無償で配布したのですか？　あの水準のポーションなんて世界には存在しないので、売ろうと思えば、とてつもない値段をつけられたはずです」

「なぜって言われても……俺は領主だし、君達は領民だろ？　別に無償で配布するのは普通じゃないか？」

「は？　権力のある領主なのに、どうしてですか？」

そんな「馬鹿なのこいつ？」みたいな顔で見られても困る。領民達も同じような考えなのか、一様に俺を見ていた。

「そうだな……例えば、君達は自分の家族や友人、恋人が困っていたら助けるか？」

「もちろん」

俺の問いに対してベンを筆頭に領民達も頷いた。

「助けた相手には見返りを要求するか？　助けてあげたからと言って途端に強気な態度になるか？助けた相手を見下して優越感に浸るか？」

「全てノーです。その人が困っているのなら、僕は出来る限りの事をして助けてあげたいです。多分、それはここにいる皆も同じだと思います」

ベンは首を横に振りながら迷う事なく力強く答えた。

「だよな。俺からすれば、領主と領民の関係も全く同じなんだよ。俺達は互いに助け合い、支え合い、困難や苦難を乗り越えていかなければならないんだ。事実、独裁的な領主はいるが、領民からの信頼を得られなければ簡単に崩壊してしまうと俺は考えている」

俺はミストレード侯爵と土の民の事を頭に思い浮かべながら言った。

未だにミストレード家は崩壊していないが、きっと彼の領地の民は、鬱憤を抱えているはずだ。些細《ささい》なきっかけで支配体制が崩れ去っても、なんら不思議ではない。

「……それは優しすぎるのでは？」

「領民のために尽くす事は領主の責務であり、逆に領主のために尽くす事も領民の責務である。優しいとか優しくない以前の問題だろ？」

「そ、そんな……それじゃあ、あの騎士の方の言葉は全て嘘だったたって事……？　僕の薬屋はもう立て直せないじゃないか……」

ベンは意味深な言葉を口にしながら、悔しそうに歯を食いしばる。

「さあ、話はこれで終わりだ！　ポーションは今後も定期的に無償で配布する予定だが、先ほど説明した通り命への危険はないから安心して欲しい。用量に気をつけて自分の身体を労ってくれ。以上だ！」

俺は腹の底から大きな声を出して話を締め括った。

しかし、領民達はまだ完全に信用していないのか、顔には不信感が見えた。

「何か問題があるなら直接俺に言ってくれ」

俺は静まる領民達の姿をぐるりと見回した。

誰からも声は上がらない。そんな中、群衆をかき分けて見覚えのある男が現れた。

「やあやあ、男爵殿。この前はよくも俺様をコケにしてくれたな」

「……ハンズか。まさか領民達におかしな事を吹き込んでないだろうな？」

ご機嫌な表情で現れたのは、光り輝くシルバーの鎧が目立つ騎士の男、ハンズだった。

セバスチャンとライチに倒されて馬ごとミストレード領に送還されたはずだが、やはり執念深く戻ってきたようだ。

「はて、なんの事だか分からんな。俺様は安全だという証拠もなく、効力の高い怪しいポーションを飲むのはやめた方がいいと皆に警告しただけだが？　責められるいわれはない。むしろ、その優しさを褒めて欲しいくらいだ。なあ、諸君。君達は騙されているんだ！　この男は領主という絶対的な立場を利用して、毒入りポーションを飲ませている！　先ほどまでの言葉は全て嘘だ！　信じるべきは俺様だ！」

ハンズは辺り一帯に響く声で高らかに言った。

それを聞いた領民達のほとんどは首を縦に振っている。

俺への信頼が、こいつへの信頼を下回っているからだろう。それだけ領主としての俺は信頼されていないという事だ。大量のポーションを捌けた事で油断していたな。確かに効果が高いポーションが無償で配布されるなんて怪しい事この上ない。

「根拠のないデマだな」

「ふははは っ！　何を言おうと無駄だ。現に貴様の言う大切な領民とやらはすっかり心が疑いに侵食されているではないか！　俺を黙らせたければお前自身が力尽くでかかってこい！　この前のような屁理屈で逃げるなよ！」

ハンズは腰元から長剣を抜き放つと、ニヤリと悪どい笑みを浮かべた。

それを見た領民達は怯えてハンズから距離を取り、困惑した面持ちで息を呑む。

一方俺は、現状を最も効率的に脱する方法を考えていた。

まず第一に優先すべきは領民の安全を確保することだ。その上でハンズを追い返し、尚且つポーションの安全性を証明出来れば、俺への信頼も得られることだろう。

だが、策が思いつかない。ぬくぬく育った俺は、こういう瞬発力が必要とされる場面に滅法弱いのだ。

「ぐずぐずしないで早くこちらに来い。ちなみに貴様が負けたら、ここにいる者達はミストレード侯爵に引き渡すから覚悟しておけ。幸せな生活を約束しよう！　貴様が強奪したあの村人達と同じようにな！」

ハンズがこちらに長剣の切先を向けた。

あまり時間はなさそうだ。しかし、同時に俺はハンズの後方十数メートルに、このピンチを脱却出来る救世主の姿を捉えていた。

あらかじめ彼に指示を出しておいて正解だったな。

予想していた通り、ハンズが襲撃してきたし、俺一人ではどうしようもない状況に陥っている。

今は彼の力が必要だ
向こうも俺の姿を認識しており、不思議そうな面持ちで少しずつこちらに近づいてきている。

「分かった。俺は逃げも隠れもしない」

俺は門を開けてハンズの真正面に向かうと、堂々と腕を組んで仁王立ちした。

逃げも隠れもしない……というのは、ハンズの油断を誘うための作戦である。

「いい度胸だ」

俺の言葉を聞いたハンズが、ニヤリと笑って声を出した瞬間だった。

俺は彼のすぐ背後に迫る大男に視線を送る。

「逃げも隠れもしないと言ったが……俺ではお前に勝てないからな。ゴロンガ！　早くそいつを捕まえろ！」

「んだ！　分かったべ！」

ハンズの背後にいた大男、ゴロンガは、ハンズの両脇の下から自身の手を忍び込ませると、いとも容易く彼の体を宙に浮かせた。

「お、おい！　放せ貴様！　放さないと八つ裂きにするぞ！」

ハンズは宙ぶらりんになりながらも、片手で長剣を振り回すが、あまりの体格差と力の差の前に意味を成さない。

「よくやった、ゴロンガ。その手を絶対に絶対に放すなよ」

「は、はいだ！　旦那に言われた通り、ポーション配布が終わってからずっと屋敷の周りをお散歩してたんだけんども、まさかこんなところに出くわすとは思わなかったべ！　ところで、この人の事、オイラどこかで見た事あるんだけんども……」

「そいつはミストレード侯爵の遣いの騎士だ」

「んなぁ!?」

ゴロンガは大きく口を開いて驚いたが、尚も手には力が入っており、ハンズを放す事はしなかった。

「驚かせて悪いが話は後だ。さあ、ハンズ。大人しく引き下がるか、まだ足掻くか、選ばせてやる」

「黙れ！　俺がその気になれば、ここにいるやつらを全員血祭りにあげる事だって出来るんだからな！　そもそも俺様が仕えるミストレード侯爵に逆らう貴様が悪いのだ！　お前達も俺様を助けんか！　ミストレード領で幸せな生活を手にしたいのだろう!?　俺様に手を貸さぬなら殺すぞ！」

ハンズはヤケになったのか、ついには味方につけたはずの領民達にさえ暴言を吐き始めた。

その様子に、領民達一層は怯えた顔つきになり騒がしくなる。

形勢逆転のチャンスだ。

「……とまあ、これがこいつの正体だ。ここにいる皆は俺の事をまだ信用出来ていないかもしれないが、どうか長い目で見てくれないか。このポーションは紛れもなく有用なものだし、毒なんて一切含まれていない。だから、今すぐにとは言わないが、俺の事を信じて欲しい」

俺はハンズを尻目に領民達の事を見回すと、彼らに語りかけた。

この言葉が届くかどうかは分からない。ただ、どうにか信じて欲しい。

善悪の判断は彼ら自身に委ねるが、ハンズについていって待っているのは破滅しかない。

「……皆、最初にハンズさんに従って皆の事を煽ったのは僕だけど、今は領主様を信じてみない？　きっと悪い事にはならない気がする」

しばしの沈黙を挟んで、最初に口を開いたのはベンだった。彼は薬屋を営んでいるという事もあり、このポーションに毒が含まれていない事は理解していたのかもしれない。自身の店の経営が傾いたという恨みもあってクーデターを扇動していたと思うが、こうして言葉にしてくれるのはありがたい限りだ。

「んだんだ！　話はよく分かんねぇけんども、旦那は優しいお方で、オイラがミストレード領の小さな村で、領主に虐められていた時も手を差し伸べてくれたべ！　ポーションの効果だってオイラが保証するだ！」

続けてゴロンガも言った。

「ぐぅっ……！　し、信じるな！　この大男の事など俺様は知らんぞ！　さあ、早く俺様を解放しろ！　ミストレード領に迎え入れてやる！　ここよりも領土が広く、美味いもんだってたくさんある。幸せな生活を手に入れたくないのか⁉」

ハンズは尚も暴れながら領民達に訴えかけるが、既に領民達はハンズを見ておらず、彼の事を助ける気はなさそうだった。

そんな周囲の反応を確認したハンズは、途端に大人しくなると、全身を脱力させて首を垂らす。

「どうする？」

「……く……領地へ戻る。だから、解放してくれ」

「分かった。ゴロンガ、放してやれ」

「ほ、本当に大丈夫だべか⁉」

「ああ、きっと問題ない」

「は、はいだ」

ゴロンガが戸惑いつつも腕の力を抜くと、ハンズは力なく地面に落下した。

ハンズは膝をついて悔しそうに長剣を握りしめていたが、やがて意味ありげな笑みを浮かべながら、よろよろと立ち上がる。

そして、ゴロンガの方に向き直ると、長剣を大きく振りかぶった。

「っ……油断禁物って知ってるか⁉」

「やめてくれだべぇぇぇっ‼」

ゴロンガは両腕をクロスして防御のポーズを取ると、上から振り下ろされる長剣をなんとか受け止めようと試みた。

長剣は物凄い速度でゴロンガに迫り、周囲の領民達は息を呑む。

しかし、俺は冷静だった。

彼には、そんな生半可な攻撃は効かない。

「死ねやぁ！」

刹那。長剣はゴロンガの両腕に確実に襲いかかった。

「うわぁぁぁ‼　死にたくないべぇぇぇーー‼」

ガキンッ……

だが、その瞬間に聞こえてきたのは、長剣と生身の肉体が接触したとは到底思えない甲高い音だった。

「……あ、ありゃ？　オ、オイラ、生きてる？」

「なにぃ⁉」

片や無傷の両腕を眺めて驚くゴロンガと、片や真ん中から綺麗に折れた長剣を見て驚くハンズ。

折れた長剣は宙を舞って俺の背後の地面に突き刺さる。同時に上がる領民達の驚嘆の声。

「ほら、問題ないだろ？　ゴロンガ、お前はたまに庭でライチ達と模擬戦をしてるだろ？」

俺は、目をパチクリさせて驚くゴロンガに問うた。

「んだ！　模擬戦って言っても、ほとんど的みたいなもんだけんども……」

「お前の肉体が頑丈すぎて、ほとんどの武器がすぐに壊れちゃうって、ライチが嘆いてたぞ」

「むぅ？　どういう事だべ？　今のと関係あるんだか？」

ゴロンガは自身の肉体の頑強さを全く理解していないようだった。

「いや、分からないならいい。とにかく、これで決着はついたな。もう武器は持ってないようだし、今日のところは大人しく帰れ」

俺は不思議そうにしているゴロンガをよそに、両膝をついて顔をしかめるハンズに声をかけた。

彼はすっかり戦意喪失しているように見える。

「くっ！　ミストレード侯爵の逆鱗に触れて助かった者はこの世にいない！　森に隠している調教された大量のモンスターと侯爵様が大切に飼っておられるペットが貴様らを喰い殺す事になるからな！　覚悟しておけ！」

ハンズはふらふらと立ち上がると、物騒な脅しをして去っていったが、俺は彼の言葉に思い当たる節があった。

おそらく、森に隠している調教されたモンスターとやらは、既にライチ達が燃やしたというあのモンスター達の事だろう。

おまけにペットとやらはジャイアントハーピーの事だろうが、やつは既にゴロンガ専用の荷車の一部と化している。

まあ、教えてあげる義理もないか。

「……皆、フローラル・ダーヴィッツは絶対に屈しない。必ず領民の命と尊厳は守るとここに誓おう。また、意見があるなら屋敷に来てくれて構わないが、今日のところは解散してくれ。いいな？」

ハンズが立ち去り落ち着きを取り戻した領民に、俺は言葉を送った。

彼らはどこか晴れやかな表情で頷くと、ゆっくりと街の方へと歩き去っていく。

やがて数分が経過し、この場に残ったのは俺とゴロンガ、そしてベンだけになり、途端に静かな空気が辺りに流れる。

しかし、そんな空気など意に介さず、ゴロンガが鼻息を荒くしながらこちらに近寄ってきた。

「旦那ぁ！　オイラに屋敷に留まるように指示していたのは、こんな事態を想定していたからだか？」

「ああ。怖い思いをさせて悪かったな。でも、ゴロンガしか頼れる人がいなかったんだ」

怒ってはいないが動揺しているゴロンガに対して、俺は宥めるようにして優しく声をかける。

「そ、その言葉は嬉しいけんども……オイラは戦いなんて本当にダメで、さっきだって怖くてちびりそうになってたべ」

「でも、ちゃんと撃退出来たじゃないか。俺はお前を信じてたぞ？」

「……最高にありがたいお言葉だべ！　オイラ、旦那のためにこれからも頑張るだよ！」

ゴロンガは両腕に力こぶを作ると、真白い歯を輝かせながら満面の笑みを浮かべた。

本当に助けられたな。

事前にハンズの襲撃を予想していなかったら、危険な目に遭っていたかもしれない。

ゴロンガには感謝しかないな。

「あの……」

ゴロンガと話を終えると、薬屋の少年に声をかけられた。

「ベン、だったな？」

「……ええ。この度は無礼を働いてしまい、申し訳ありませんでした。あの騎士の男がデマを言っているのは分かっていたのですが、どうしても自分の店の経営が傾いてしまった悔しさを晴らしたくて、皆を巻き込んでしまいました」

そう言って、ベンは勢い良く頭を下げてきた。

「それについては本当に悪かった。そこでと言ってはなんだが、実はベンに仕事を頼みたくてな」

「仕事、ですか？」

「ああ。そこの大男がポーションを配っているのは知っているな？」

俺は、自身の両腕を見ながら突っ立っているゴロンガの事を指差して言った。

「ええ。狂気を感じるほどの満面の笑みで、街を歩いていたのを何度も見ましたからね」

ベンはその爽やかな少年という見た目に反して、毒気のあるタイプなのかもしれない。くすくすと笑っているので悪意はなさそうだが。

「名前はゴロンガっていうんだが、少しばかり抜けているところがあるくらいで、悪いやつじゃない。ベンに、彼と一緒にポーションを他の街で販売して欲しい」

「ほう……他の領地に売るんですか？　それで無知な彼だけでは不安だから、薬屋で知識もある僕をお供につけたいと、そういう事ですか」

「話が早くて助かる。あとは当人同士で話してくれ」

「分かりました。名前はゴロンガさんですね。ちなみにゴロンガさんのご年齢は？」

「多分四十歳前後じゃないかな」

詳しくは分からないが、多分それくらいだと思う。

「ほぼ同世代ですか。いや、もしかしたら年下かも……」

顎に手を当ててそう言ったベンの言葉に俺は驚いた。

「え？　ベンって何歳なんだ？」

「僕は四十二歳ですよ。生まれつき童顔で小柄だから十歳くらいかと思いましたか？　おまけに両親譲りの派手な金髪のせいで、頻繁に大人ぶったクソガキだと勘違いされますが、こう見えても、立派なおじさんなんです」

金髪で小柄な大人ぶった少年かと思っていたが、その正体は四十二歳のおじさんだった。

別に外見も年齢も気にしないので問題ないのだが、どう見ても十歳くらいの子供にしか見えないな。

「そうだったのか。大人びていると思ったが、年相応だったんだな」

「よく言われます。では、僕はゴロンガさんとお話ししてきますので、また」

「ああ」

俺はイタズラな笑みを浮かべて立ち去るベンに手を振った。

彼はゴロンガに近寄り声をかけると、すぐさま懐に入り込んで会話を始めていた。

コミュニケーション能力はかなり高そうだし、きっとすぐに打ち解けてあの二人は良いコンビになるだろう。

さて、一段落したし、俺の方は屋敷に戻って少し休憩させてもらうか。

「あー、まじで疲れた」

俺はくたくたになった体を引きずるようにして、屋敷の中へ戻ったのだった。


ハンズを撃退した翌日の昼過ぎ。

俺は自室でソファに寝転がり足を組みながら、ぐだぐだと怠惰な時間を過ごしていた。

久しぶりの落ち着いた時間だ。

これこそが俺の求めていた生活だが、この平穏もそう長くは続かない事を俺はよく知っている。

粘着質なハンズの事だから、この先も何か仕掛けてきてもおかしくはない。

まあ、今日くらいはゆっくり過ごしても良いだろう。

テーブルにはリリが焼いてくれたクッキーもあるしな。

「ご主人様、クッキー美味しい？」

リリは俺の横に立ち、こちらの様子を窺うようにして聞いてきた。

「あぁ、甘くて最高に美味しいよ。ありがとな」

俺はクッキーが載せられた皿を胸の上に置き、貴族らしからぬ、だらけた姿勢でその味を堪能していた。

「えへへ……実は一人で街へ買い物に行った時にレシピの載った本を買ったのよ。初めてにしては中々でしょ？」

「おう。初めてとは思えないほど美味いぞ。なぁ、レレーナ」

照れるリリに言い、俺は向かいのソファに座るレレーナに声をかけた。

彼女もまた、リリが焼いたクッキーを食べており、口の周りには少しだけ食べカスをつけている。

「うん、美味しい。でも、もっと甘くてもいいかも」

「じゃあ、レレーナの分は今度から甘めに作るわね」

「お願い」

リリが微笑みかけると、レレーナはさらにクッキーを食べ進めていく。甘さが控えめな事が気になるだけで、彼女の口にも合うらしい。

かくいう俺も、これまたリリが注いでくれた紅茶を啜り、尚もクッキーを口に運んでいく。

「そういえば、ご主人様」

「なんだ？」

何かを思い出したようにリリに声をかけられた。

「ライチがご主人様の事を捜してたわよ」

「何か用事でもあるのか？」

「んー、聞いてないわね。ライチの事を誘おうとしたんだけど、ご主人様捜しに集中していて誘える感じじゃなかったわ……レレーナは何か知ってる？」

詳しくは知らない様子のリリは、口一杯にクッキーを詰め込むレレーナに話を振った。

レレーナはごくりとクッキーを飲み込むと、一つ間を置いてから口を開く。

「……うん、さっき下の広間で会った時は、フローラルの事を心配してた。多分昨日の件で怪我とかしてないか気になってるんだと思う」

「あー、そういう事か」

確かあの時、ライチは冒険に出ていて、帰ってきたのは深夜だったし、昨日のハンズが襲撃してきた件については、詳しく知らないのだろう。

ひ弱な俺がハンズとやり合ったと知って、不安になっている可能性があるな。

「二人とも教えてくれてありがとう。俺はちょっとライチを捜しに行く」

俺はテーブルの上に皿を置いて、ソファから起き上がる。

クッキーとの別れは名残惜しいが、ライチのためだ。仕方ない。

「じゃあ、私とレレーナは二人で寛いでるわねー」

俺がソファからいなくなると同時に、リリはソファの上にダイブし即座にリラックスし始めた。

普通のメイドがこんな事をしたらタダでは済まないだろうが、俺からすればすっかり打ち解けてくれたリリを見て、むしろ嬉しく思う。

「レレーナ、リリの事を頼んだぞ」

「うん、任せて」

俺の言葉を聞いたレレーナは、僅かに口角を上げて親指を立てる。

「ちょっとー、私の方がお姉さんなんですけどー？」

「ふっ……」

リリがぶつくさ文句を垂れたが、俺は鼻で笑い飛ばしてすぐに部屋を後にした。

精神年齢を考えればレレーナの方が圧倒的に上だから、面倒を見られるのはリリの方である。

まあ、これから会いに行くライチはもっと子供っぽい一面があるんだけどな。

「まずは広間に行ってみるか」

部屋を出た俺はレレーナの言葉に従い、一階の広間へと足を運んだ。

しかし、広間にライチの姿はなく、代わりにセバスチャンとメアリーがいた。

二人は何やら笑顔で話し込んでおり、ゆっくりと近づく俺には気がついていない。

「二人揃ってどうしたんだ？」

俺は二人に声をかけた。

すると、先に反応したセバスチャンが特に驚く素振りも見せずにこちらを振り向く。

「おや、噂をすればフローラル様ではないですか」

「噂？」

悪い噂だったら傷つくが、二人のにこやかな表情から察するに、そういうわけではなさそうだ。

「ええ。ちょうどメアリーと、フローラル様の話をしていたのです。ねぇ？」

「はい。昨日の件について、幼かったフローラル様にも風格が出てこられたと、ワタシ達は感心していたのですよ」

セバスチャンからパスを受け取ったメアリーは、俺の目を見つめながら何度も首を縦に振って言った。

「風格ねぇ。結局、俺は皆に頼りっきりで何もしてないんだけどな」

「そんな事はありません。フローラル様のカリスマ性は確実にダーヴィッツ家を良い方向に向かわせておられますよ？」

セバスチャンが俺を褒めてくれる。

「ワタシもセバスチャンに同意します。初めて経験する事が多い中、大きな失敗をせず、小さな成功を積み重ねられているのは素晴らしい事です。フローラル様はダーヴィッツ家の主としてもっと自信を持ってください」

俺は資金調達が順調に進んだ事もあり、謙遜を交えつつも、自分自身の実力不足も感じていたのだが、セバスチャンとメアリーは嬉しい言葉を口にしてくれた。

「……そうだな。こんなんでも、俺は皆の主だもんな」

「ええ。だから、あまり自分を卑下しないでください」

俺が改めて皆の主であるという自覚を胸に言葉にすると、セバスチャンとメアリーは微笑みかけてくれた。俺の事を慕ってくれてついてきてくれる二人には感謝だ。

「分かった。二人とも色々とフォローしてくれてありがとう。ところで……ライチを見かけなかったか？」

謝辞を述べた俺は二人にライチの居場所を尋ねた。

すると、メアリーは腕を組み思い出すような素振りを見せる。

「彼女なら、先ほど庭で鍛錬をしておりましたが……何か御用でも？」

「俺の方から用事があるっていうよりは、向こうが俺の事を捜してるらしいんだ。俺は早速庭に向かってみるよ」

俺はそう返事して足早に立ち去ると、屋敷を出て庭へと足を運んだ。

「えーっと……おっ、いたいた」

じっくり探すまでもなく、簡単にライチの姿を発見した。

彼女は屋敷の柱を背にして日陰で目を閉じていた。

「ライチ」

「あ！　フーくん！」

俺に声をかけられたライチはパッと勢い良くこちらに顔を向けてきた。表情は穏やかで、特に沈んでいる様子はない。

「鍛錬お疲れさん。俺の事を捜してたんだって？」

俺はライチの隣に腰を下ろしながら尋ねた。

「あれ？　どうしてそれを？」

「レレーナから聞いたんだ。ライチが俺の事を心配してたって……それって、昨日のハンズの件か？」

「そうですっ！　ボクが冒険に出ている間に、そんな事が起きていたなんて、ボクはもう心配で心配で……」

ライチはその言葉に込められた思いを表現するかのように、芝生の上に尻尾を垂らしていた。

「心配させて悪かったな。でも、安心してくれ。ハンズは撃退出来たし、見ての通り俺はピンピンしてるだろ？」

俺は無傷で元気な自分をアピールするために、ライチに笑みを向けた。

すると、彼女はほっと胸を撫で下ろし、小さく息を吐く。

「ふぅ、そういう事なら安心です！　実は、今日も本当はワンダ達と冒険に行く予定だったのですが、一度フーくんの姿を見てからにしようと思っていたんです。でも、フーくんが中々見つからないから、こうして気晴らしに一人で鍛錬をしてました。一体どこにいたんですか？　お屋敷の中だけじゃなくて、裏の地下も全て捜し回りましたよ？」

「いや、俺は自分の部屋にいたぞ？」

「え？　レレーナに聞いたらフーくんは部屋にはいなかったって言ってましたが……」

詳しい時系列は分からないが、ライチはレレーナと広間で会ったんだもんな。

「あー、それは多分行き違いだな。さっきまで俺の部屋でリリとレレーナと三人でクッキーを食べながら寛いでいたんだが、その前はみんなバラバラだったし、俺は結構長い間、風呂に入っていたからな」

リリがクッキーを焼いて持ってきてくれるまでの間、俺とレレーナは各々の時間を過ごしていたので互いの居場所は分からない。

もしかしたら、一度レレーナが俺の部屋を尋ねてきて、俺はちょうど風呂に入っていて会えなかったのかもしれない。その後、レレーナは広間でライチと会い俺の居場所について話したのかもな。

そこで、屋敷を捜し終えたライチは、裏の地下に向かったが、その頃俺が風呂から上がり部屋に戻る時に、ちょうどリリがクッキーを焼き終え、俺の部屋の前で俺達三人は運良く鉢合わせした。

つまり、ライチとは運悪く各所で行き違ったわけだ。

「そういう事でしたか……というか、クッキーがあるんですか!?」

ライチは不満を露わにして眉を顰めた。

別に秘密にしていたわけではない。リリだってライチの事を誘おうとしてたみたいだしな。

「ああ。リリとレレーナが俺の部屋にいるから行ってみるといい。絶品だぞ？」

「す、すぐに向かいます！　冒険に行くのはそれからです。しっかりとクッキーを食べて力を蓄えてから、今日も皆で強敵を倒します！」

ライチはハッとした表情を作り即座に立ち上がると、瞳に情熱を宿し鼻息を荒くした。

尻尾もぶんぶん揺れており、その強い心意気が分かる。

「山のようにクッキーを焼いていたから、そう焦らなくてもすぐにはなくならないぞ？」

「はいっ！　それと、フーくん」

「なんだ？」

まだ座っている俺は、こちらを見下ろしてくるライチに聞く。

彼女の表情はこれまで見た中で最も柔和だった。

「ボク、今が一番楽しいですっ！　これからもよろしくお願いしますね？」

「……ああ。俺も、皆と一緒にいられて楽しいよ」

満面の笑みで言葉をぶつけられた俺は、一瞬狼狽えてしまったが、すぐに平静を取り繕った。

本当に幸せを感じているようなライチの笑顔を見ると、俺がやってきた事は間違いではなかったのだと分かる。

「ふふふっ……では、また！」

ライチは普段の子供っぽい口調や行動とは違い、大人びた雰囲気を纏いながら微笑むと、楽しげな鼻歌を歌いながら立ち去った。

こうして、一人庭の隅に取り残された俺は、領主になってからの事を振り返る。

「……最初はどうなる事かと思ったが、今のところは順調すぎるくらいだな」

父が亡くなり、二人の兄が急にいなくなった事で、成り行きで領主になった無知な俺は、思いつくままに行動してきたが、それも上手く軌道に乗っている。

当初掲げていた貴族らしいゆとりのある生活をするという目標に、順調に突き進んでいると言えるだろう。

ゴロンガとベンのポーション販売、土の民が作った野菜の販売、ライチ達の冒険で得る報酬……などなど、たくさんの不労所得に期待出来る。

「楽しくなってきたな。でも、俺が何もせずに楽を出来るのはまだまだ先になりそうだな」

出来れば、もう少しくらいは貴族らしく穏やかな生活を送りたいところだが、ミストレード侯爵との一件が片付くまではそうはいかないだろう。

明日からまた忙しい生活が待っていそうだな……

◇　◇　◇

華やかな広間には豪奢な家具が置かれ、絢爛な装飾が施されていた。

大理石の床が天井で煌めくシャンデリアの光を反射し、壁にはミストレード家の家紋である、獅子が刻まれた旗が、その気高さを誇示するように掲げられていた。

そんな広間の最奥にある大きく華美な椅子には、全身金色の鎧を纏い、厳格な雰囲気を漂わせる初老の男が不機嫌そうに腰を下ろしていた。

彼の名前はジョウジ・ミストレード。ミストレード領を治める侯爵である。

世間からは戦闘狂《バトルジャンキー》として知られており、貴族でありながら、自らが戦いの最前線に赴くのは有名な話だ。

他領を武力で奪い取る事で領地を拡大させており、侵攻される事を避けるために献金している領地も少なくはない。

敵対した相手の事は、最後までとことん叩き潰す残虐非道な性格だ。

そんなミストレード侯爵は不機嫌な様子を隠そうともせず、激しく膝を揺らして、一人の騎士からの報告を受けていた。

「ハンズよ。吾輩はなんのために貴様を遣いに出したか分かっているのか？」

「は、はいっ！　ダーヴィッツに強奪された領民とオリハルコンの奪還のためでございます！」

ミストレード侯爵の圧に屈した騎士のハンズは、片膝をつきながら首を垂れると、全身に冷や汗をかきながら、言葉を搾り出す。

「前者は建前だからどうでもよい。肝心なのはオリハルコンの奪還である。だが、貴様は何も成し遂げておらんではないか。一切の収穫もなく、のこのこと敗走してきたのか？」

「そ、その……ダーヴィッツのもとには、中々な実力者もいたので、領内部から攪乱《かくらん》しようと策を講じたのですが、そちらも不発に終わってしまいました……」

ハンズは、自身の主に嘘をつくなど到底出来ず、強く歯ぎしりをしながら報告を続けた。

すると、ミストレード侯爵は彼の言葉に興味ありげな様子で眉を動かした。

「実力者とな？」

「え、ええ！　獣人の女や初老の執事、鎧のような鋼の肉体を纏う大男など、我が騎士団の精鋭と肩を並べるほどの実力者がおりました」

「そうか。それは中々楽しそうだな。侵攻するにはうってつけの相手ではないか。なあ？　そうだろう？」

ミストレード侯爵は不敵な笑みを浮かべると、僅かに顔を上げたハンズに同意を求めた。

「ご、ごもっともです」

ハンズはミストレード侯爵が機嫌を直したのだと判断し、ほっと胸を撫で下ろす。

しかし、そんな彼の態度が気に入らなかったのか、ミストレード侯爵はやにわに立ち上がった。

そして片膝をつくハンズの元へ向かうと、彼の胸ぐらを掴み、再び不機嫌になった。

怒りの炎が瞳に宿り、その厳めしい顔が怒りに染まる。彼の怒りに震える指がハンズの胸ぐらを捕らえて離さない。

「この不名誉な報告によって、我がミストレード家の名誉は傷ついた！　不手際など許されるわけがない。そこまでコケにされたというのに、貴様は無傷でのうのうと帰還したのか！　吾輩に対する忠誠心と騎士の誇りはどこへ行った⁉」

ミストレード侯爵の腕力は相当なもので、片手一本でハンズを簡単に持ち上げると、怒気を孕んだ声で叫びを上げた。

「ぐぅ……ぅぅ……っ……ず、ずびま、せん……っ！」

「……ふんっ、まあいい」

顔を青くして苦しむハンズを見て満足したのか、ミストレード侯爵は、彼の事を乱雑に放り投げた。

放り投げられて苦しみから解放されたハンズは、激しく呼吸を乱して四つん這いになっている。

だが、そんな彼に一瞥もくれずに、ミストレード侯爵は再び不敵な笑みを浮かべる。

「ハンズよ」

「は、はいっ！」

「ダーヴィッツの様子はどうだった？　総戦力はいかほどだ？」

「生意気な男でしたが、それなりに民からの信頼も獲得しておりました。戦力については、騎士などはおらず、我が騎士団の数の利を活かせば容易に攻略可能でしょう」

ミストレード侯爵からの問いかけに対して、ハンズはふらふらと立ち上がり、自身をコケにしたフローラル・ダーヴィッツに怒りの念を滾《たぎ》らせながら答えた。

「くくく……そうか。では、我が騎士団に伝えろ。近日中にダーヴィッツ領への侵攻を開始する。ついでに、イザベルにも声をかけておけ。感情の消えた女だが、あれでも吾輩が一目置く戦闘奴隷だからな。あいつの魔法で完全に打ち滅ぼしてくれるわ」

「はっ！」

ハンズは力強く首肯すると、駆け足で広間を後にした。

広間に一人になったミストレード侯爵は、腰に携えているレイピアを抜き払うと、自身に無礼な態度をとったダーヴィッツ男爵への殺意を募らせる。

「ククク……待っていろ、ダーヴィッツよ。吾輩に楯突いた事を後悔させてやる。必ず貴様の首をいただくぞ！」

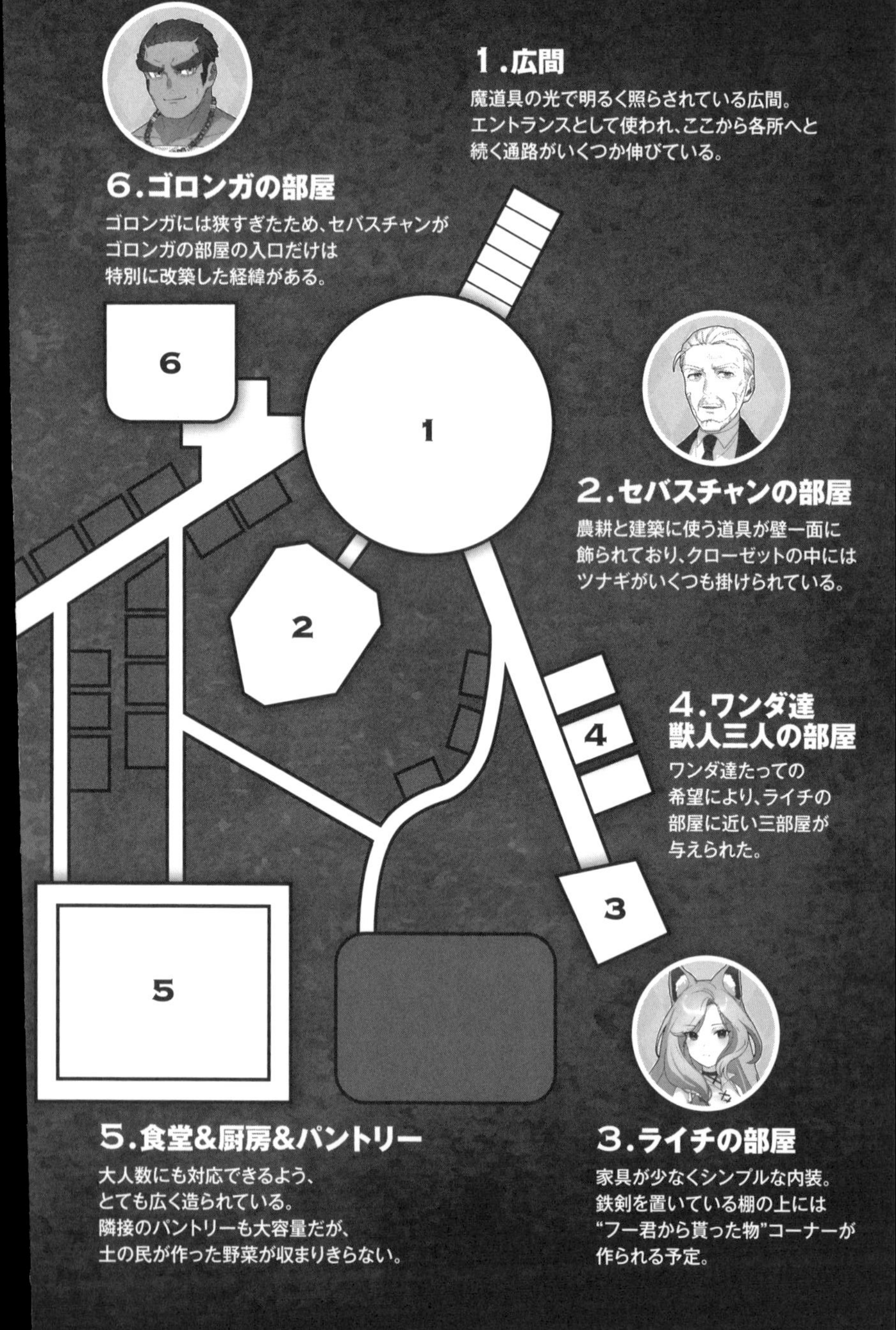
1.広間
魔道具の光で明るく照らされている広間。
エントランスとして使われ、ここから各所へと
続く通路がいくつか伸びている。
6.ゴロンガの部屋
ゴロンガには狭すぎたため、セバスチャンが
ゴロンガの部屋の入口だけは
特別に改築した経緯がある。
6
1
2.セバスチャンの部屋
農耕と建築に使う道具が壁一面に
飾られており、クローゼットの中には
ツナギがいくつも掛けられている。
2
4.ワンダ達
獣人三人の部屋
4
ワンダ達たっての
希望により、ライチの
部屋に近い三部屋が
与えられた。
3
5
5.食堂&厨房&パントリー
大人数にも対応できるよう、
とても広く造られている。
隣接のパントリーも大容量だが、
土の民が作った野菜が収まりきらない。
3.ライチの部屋
家具が少なくシンプルな内装。
鉄剣を置いている棚の上には
“フー君から貰った物”コーナーが
作られる予定。

地下施設の地図

セバスチャンの造った
地下施設の全貌を大公開！

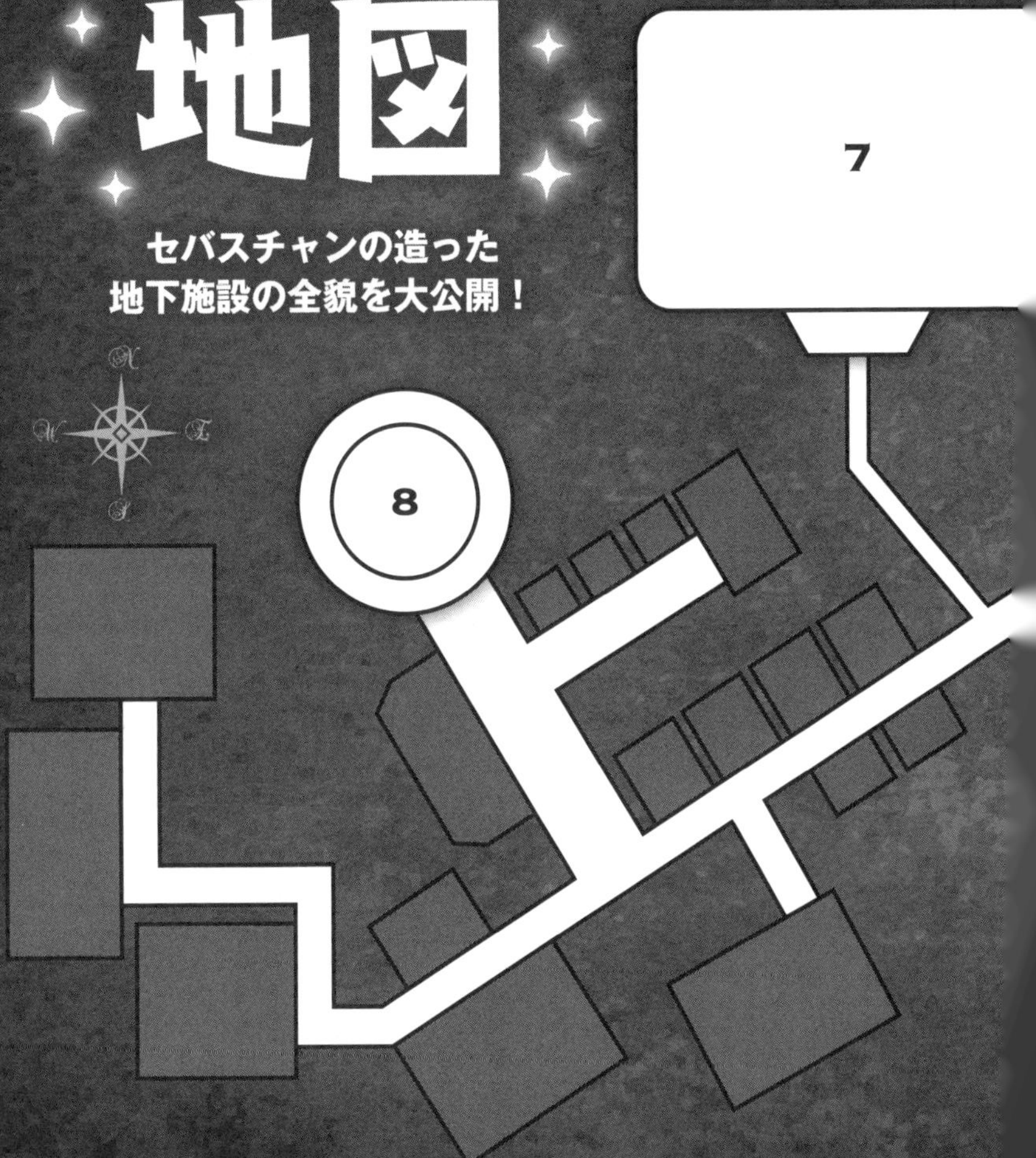

8.憩いの広場

中央にはセバスチャンのこだわりが
詰まった美しい噴水がある。
その周りに置かれたベンチでは、
大人から子供まで話に花を咲かせている。

7.運動場

地下施設の中で一番大きな部屋。
天候が悪い日に、冒険者組が
鍛錬をするのに使われている。

異世界ゆるり紀行
～子育てしながら冒険者します～
1~15
水無月静琉
Minazuki Shizuru
シリーズ累計110万部（電子含む）突破!!
2024年7月
TVアニメ
放送開始!!
（テレ東・BSテレ東ほか）
1～15巻
好評発売中!
コミックス
1～8巻
好評発売中!
子連れ冒険者の
のんびりファンタジー!
神様のミスで命を落とし、転生した茅野巧。様々なスキルを授かり異世界に送られると、そこは魔物が蠢く森の中だった。タクミはその森で双子と思しき幼い男女の子供を発見し、アレン、エレナと名づけて保護する。アレンとエレナの成長を見守りながらの、のんびり冒険者生活がスタートする!
異世界ゆるり紀行 子育てしながら冒険者します
水無月静琉
転生したら双子を保護しました。
異世界ゆるり紀行 子育てしながら冒険者します
水無月静琉
みずなともみ
転生したら、幼い双子を保護しました。
シリーズ累計15万部
◉各定価：1320円（10%税込）◉Illustration：やまかわ
◉漫画：みずなともみ B6判 ◉各定価：748円（10%税込）

Re:Monster
リ・モンスター
金斬児狐
Kanekiru Kogitsune
1〜9・8.5・外伝
暗黒大陸編1〜4
シリーズ累計170万部（電子含む）突破!
2024年4月4日〜!
TVアニメ放送開始!!
（TOKYO MX、BS11ほか）
ネットで話題沸騰!
怪物転生ファンタジー
最弱ゴブリンの下克上物語 大好評発売中!
【小説】1〜9巻／外伝／8・5巻
転生したのはまさかの最弱ゴブリン!?
新章
【小説】1〜4巻（以下続刊）
新たな旅が今始まる!
65万部!
最弱ゴブリンから最強黒鬼 そして新世界の伝説へ!
◉各定価：1320円（10%税込）
◉illustration：ヤマーダ
◉各定価：1320円（10%税込）
◉illustration：NAJI柳田
コミカライズも大好評!
【漫画】1〜11巻（以下続刊）
転生したのは…最弱ゴブリン!?
異世界下克上サバイバルファンタジー
累計23万部突破!!
待望のコミカライズ!!
◉各定価：748円（10%税込）
◉漫画：小早川ハルヨシ

最強最古の神竜は、辺境の村人ドランとして生まれ変わった。質素だが温かい辺境生活を送るうちに、彼の心は喜びで満たされていく。そんなある日、付近の森に、屈強な魔界の軍勢が現れた。故郷の村を守るため、ドランはついに秘めたる竜種の魔力を解放する!

1~24巻 好評発売中!

各定価：1320円（10%税込） illustration：市丸きすけ

漫画：くろの　B6判
各定価：748円（10%税込

この作品に対する皆様のご意見・ご感想をお待ちしております。

おハガキ・お手紙は以下の宛先にお送りください。

【宛先】

〒150-6019 東京都渋谷区恵比寿4-20-3 恵比寿ｶﾞｰﾃﾞﾝﾌﾟﾚｲｽﾀﾜｰ 19F
（株）アルファポリス　書籍感想係

メールフォームでのご意見・ご感想は右のＱＲコードから、
あるいは以下のワードで検索をかけてください。

アルファポリス　書籍の感想　検索

ご感想はこちらから

本書はWebサイト「アルファポリス」（https://www.alphapolis.co.jp/）に投稿されたものを、改題・改稿のうえ、書籍化したものです。


崖《がけ》っぷち貴族家《きぞくけ》の第三子息《だいさんしそく》は、願《ねが》わくば不労所得《ふろうしょとく》でウハウハしたい！

訳《わけ》あり奴隷《どれい》もチート回復魔法《かいふくまほう》で治《なお》せば最高《さいこう》の働《はたら》き手《て》です

チドリ正明《まさあき》

2024年 3月29日初版発行

編集－藤野友介・宮坂剛
編集長－太田鉄平
発行者－梶本雄介
発行所－株式会社アルファポリス
〒150-6019 東京都渋谷区恵比寿4-20-3 恵比寿ｶﾞｰﾃﾞﾝﾌﾟﾚｲｽﾀﾜｰ19F
TEL 03-6277-1601（営業） 03-6277-1602（編集）
URL https://www.alphapolis.co.jp/
発売元－株式会社星雲社（共同出版社・流通責任出版社）
〒112-0005 東京都文京区水道1-3-30
TEL 03-3868-3275
装丁・本文イラスト－つなかわ
装丁デザイン－AFTERGLOW
印刷－中央精版印刷株式会社

価格はカバーに表示されてあります。

落丁乱丁の場合はアルファポリスまでご連絡ください。

送料は小社負担でお取り替えします。


ISBN978-4-434-33598-3 C0093